CB065958

Copyright © Alex Sgreccia, 2024

EDIÇÃO Felipe Damorim e Leonardo Garzaro
ASSISTENTE EDITORIAL André Esteves
ARTE Vinicius Oliveira e Silvia Andrade
REVISÃO E PREPARAÇÃO André Esteves

CONSELHO EDITORIAL
Felipe Damorim
Leonardo Garzaro
Vinicius Oliveira

Dados Internacionais de Catalogação na Publicação (CIP)

S523d
    Sgreccia, Alex
        Deserto azul / Alex Sgreccia. – Santo André-SP: Rua do Sabão, 2024
        100 p.; 14 × 21 cm
        ISBN 978-65-81462-91-8
        1. Coletânea - Contos, Crônicas, Poesias. 2. Literatura brasileira. I. Sgreccia, Alex. II. Título.

                                                                                             CDD 869.8
Índice para catálogo sistemático:
I. Coletânea - Contos, Crônicas, Poesias : Literatura brasileira
Elaborada por Bibliotecária Janaina Ramos – CRB-8/9166

[2024] Todos os direitos desta edição reservados à:
Editora Rua do Sabão
Rua da Fonte, 275, sala 62B - 09040-270 - Santo André, SP.

www.editoraruadosabao.com.br
facebook.com/editoraruadosabao
instagram.com/editoraruadosabao
twitter.com/edit_ruadosabao
youtube.com/editoraruadosabao
pinterest.com/editorarua
tiktok.com/@editoraruadosabao

ALEX SGRECCIA

Deserto Azul

Ao Roberto

> "Sinto uma alegria enorme
> ao pensar que minha morte
> não tem importância alguma."
>
> — *Alberto Caeiro*

1/ Deserto azul — 11
2/ Zé da Cabrita — 17
3/ Sertões — 21
4/ Ecos da solidão — 25
5/ Silvia — 29
6/ A maldição de Tântalo — 33
7/ A visita — 35
8/ O aniversário — 37
9/ Rola — 41
10/ Primeiro beijo — 45
11/ 1968 — 49
12/ Clichê — 53
13/ Sexo selvagem — 57
14/ Minas — 59
15/ Natal — 63
16/ Ainda estou vivo — 67
17/ Viagem de inverno — 69
18/ Claudio — 73
19/ Bruno — 75
20/ Contagem regressiva — 93

1/
Deserto azul

Desde pequeno, aprendi a apartar o certo do errado. O que podia fazer e o que não devia, por obra de costume ou por força de lei. Lei de Deus e lei dos homens. Deus não fala como os homens. Suas palavras são que nem língua de fogo. Foi desses modos que gravou na pedra os Dez Mandamentos, para servirem de guia para a humanidade separar o bem do mal. Em Seu Santo Nome, essa lei que governa as gentes deve ser honrada e respeitada. Desde que o mundo é mundo, assim é e assim será. É o que se diz.

Lei dos homens, quem faz? No Sertão não é obra do governo. Vale a lei de quem tem poder e mando. Em terra de coronel, a lei é ele e sua vontade. Comanda bando de jagunço para impor respeito e obediência. Diferente da lei divina, que não muda e ninguém desafia, poder de coronel depende de habilidade para fazer aliança, de favor concedido a clientela, de quantidade de arma e de influência que movimenta. Com uma mão ameaça, com a outra agrada.

Deus é misericordioso com quem se arrepende e confessa. Pecado é perdoado por ofício da Igreja. Dependendo da grandeza ou da quantidade de mandamentos violados, a penitência varia de muitos rosários a um Pai-Nosso com Ave-Maria. Assim aprendi, assim observei cegamente, até pouco tempo atrás.

Desrespeito à lei de coronel se paga com outro tipo de castigo. Trabalhador pode perder a terra onde mora de favor. Jagunço pode ameaçar e bater. Pai de família pode ter a filha-donzela deflorada ou a mulher desonrada. O cabra pode ser esfolado, antes de ter a goela aberta no gume da faca.

Assuntando bem, juntando pinguela com ribanceira, serventia da lei, por obra do divino ou do humano, é dizer quem manda e quem obedece nesse mundo. Assim, a vida pouco muda, quem manda continua no comando, quem tem juízo continua obedecendo.

Tem escapatória para essa prisão que virou o mundo? Tem como mudar o rumo do destino? O Sertão terá lugar para viver, conforme lei ditada pelo coração? Foi perdido nessas ideias que avistei no horizonte a figura com quem ia ter a mais estranha das conversas.

Estava parado na encruzilhada, debaixo de pé de pau. Árvore minguada pela secura do chão, tinha pouca sombra. Nos galhos retorcidos, por teimosia de continuar vivendo, a figura tinha pendurado quinquilharias: vidros vazios, de formas e cores diferentes, chifre e pé seco de bode, gaiola com azulão entristecido, cabaças de diferentes tamanhos, tocos de vela, viola quebrada, fitas desbotadas pendendo de trapo esfarrapado de estandarte.

A figura me encarou com mistério. Sorriso miúdo em boca pequena e enrugada aliviou um pouco meu desassossego. Fez sinal para me aproximar. "Se aconchegue", apontou para a pedra que servia de banco, coberta com pedaço de couro gasto de cabra. "O Sertão é grande e pequeno. O destino pode ser um, pode ser outro. Esperava por sua pessoa."

"Como é que pode?", pensei. Nunca vi antes a figura, nem sei seu nome. Nunca dela ninguém me falou. Será que sabia mesmo que eu ia passar por essas bandas?, continuei proseando em pensamento. "Não carece tanta preocupação. Por aqui sempre se passa, mais dia, menos dia", sibilou quase não movendo os lábios. "Meu prazer é satisfazer sua vontade", continuou com voz mais firme e macia.

"Vontade tenho poucas, pois o que comanda a vida é destino." Observei o rebate das minhas palavras no relampejo dos olhos da figura, curto e forte que nem faísca. Seria satisfação de ver o peixe mordendo a isca? Não tinha certeza. Disfarçou, como se não tivesse interesse. "Vontade pode mais que destino, desde que se queira." Não esperou resposta minha. Abriu a mucuta, de onde tirou espelho quebrado. "Vontade pode ditar o destino." Apontou com dedo fino e enrugado para o pedaço sujo de espelho. A voz era suave e morna. A ponta da língua escura lambeu o lábio ressecado.

O embaçado no espelho foi sumindo que nem onda que bate e recua em areia de praia. Então, vi paisagem que habitava meus sonhos. Terra de mata cerrada, cortada por rio. Corredeiras e água de remanso onde amigo banhava mais eu. Roça de milho no ponto de ser colhido e bando barulhento de araras descansando na copa de pé de jequitibá. Tentei tocar com a mão para ver se o que via era verdadeiro. Como num susto, a imagem sumiu.

Onde ele aprendeu essa magia?, interroguei em silêncio. Pode ter me iludido, fazendo imaginar que via o que estava só no meu pensamento, continuei especulando, querendo botar um pouco de ordem nas ideias que começavam a ficar desencontradas.

"Para querer e poder, tem que confiar", disse com sorriso mais intenso nos olhos encovados do que no rosto magro e encarquilhado. Estendeu a mão fina e segurou a minha com firmeza de laço bem dado com corda de couro trançado. O sangue gelou nas veias enquanto ele me conduzia em voo sereno, até pousar na única nuvenzinha que tinha no céu. "Tudo o que vê, até onde a vista alcança, e pra além desse limite, poderá ser teu."

Lá estava o Sertão, como nunca tinha visto: terra seca emendando com pastagem, veredas com nascentes de água, margeadas com palmeiras de buriti; mato cerrado acompanhando o curso do Urucuia, pássaros voando em bando na Serra das Araras.

"Poderá ser o mais poderoso de todos os coronéis. Tua vontade será obedecida pelos homens e pela natureza", apontou para baixo com a palma da mão. Então o que vi, tenho receio de contar, não é coisa desse mundo. Terra seca e mato cerrado foram sendo encobertos pela água. O Sertão virou mar. Onde antes tinha gente, roça, vila e traçado de caminho era só movimento das águas. O sopro de vontade poderosa arranhava na superfície molhada trilhas sem começo e sem destino.

"Você não viu tudo ainda." As águas foram baixando, sorvidas pela sede sem fim da terra. Deixaram uma camada grossa de lodo que o calor ressecou. Do que era mar sem fim restou uma crosta, com ranhuras feitas pelo tempo. O Sertão tinha virado imenso deserto azul.

Terá sido miragem ou fruto da imaginação?, especulei ao voltar para o chão poeirento. A figura me observava atenta, continuando a decifrar meu pensamento. "Onde Vossa Pessoa adquiriu poder tão estranho?", interroguei. A resposta veio com riso matreiro: "O dom possuo desde que descobri que podia seguir meu próprio caminho. Construí meu reino no mundo das trevas, como anjo caído". Arrepiei. Seria a figura a encarnação do Demo?

"Se quiser entrar neste mundo e ter o desfrute de todo poder, basta tomar dessa poção e tocar com fé minha chaga." Verteu líquido escuro e grosso de uma das cabaças em copo de vidro embaçado. Abriu o gibão e mostrou ferida aberta no peito, onde o coração em brasa pulsava que nem cristal encarnado, alumiado por labaredas pequenas de fogo.

Observei. O corpo era peludo e no lugar de pés tinha par de cascos. Encimando a cabeça e fazendo devorteio por trás das orelhas, tinha dois chifres de bode erado. Não hesitei. Tirei o rosário e a cruz de madeira da algibeira e segurei firme com as duas mãos. "Te arreda, Satanás! Te esconjuro uma, duas e muitas vezes! Vai de retro! Poder do Senhor Jesus é maior! Suas Cinco Chagas, que pagaram os pecados do mundo, são mais poderosas e dão mais conforto! Vai de retro e some!"

A Besta salteou de roda, botou fumaça pelas ventas, babou gosma com cheiro de enxofre. Os olhos de cobra fizeram a última ameaça. Rodopiou levantando poeira e sumiu levado pelo redemoinho. Pensei, de ora em diante, sigo o caminho traçado a mando do coração. Não careço de poder do Demo, nem de comando dos homens. O certo é relativo, assim é o errado. Sofrimentos são muitos. Deixam marca viva na carne, alguns. Invisível é o sofrimento da alma. Para esse, não tem remédio na terra, nem cura no paraíso.

2/
Zé da Cabrita

"*Querida professora*
Temos várias notícias para lhe dar, algumas boas, outras um pouco tristes. Alguns colegas conseguiram colocação onde faziam estágio: Jovino foi contratado na farmácia do Seu Nepomuceno, Guilherme continua na oficina do Seu Marico, Ernestina foi contratada pelo Dr. Edson.

Zé da Cabrita decidiu 'juntar as trouxas' para seguir a trilha percorrida pelo avô, desta vez num caminho de volta para o Sertão. Está levando uma cruz de madeira com os nomes dos colegas gravados para deixar na grota onde Lampião foi morto. Diz que vai até o Ceará para conhecer de perto a terra do Padre Cícero, onde quer montar um pequeno circo para divertir os romeiros e ensinar a criançada a ler e a fazer palhaçada.

Celeste está de malas prontas para a capital federal, onde vai trabalhar com a tia, que é costureira, até encontrar o sonhado emprego numa casa de alta costura.

Abraço da aluna que não a esquece,

Teresa"

Não se surpreende com o êxito dos ex-alunos que haviam transformado o estágio em emprego, nem com a teimosia de Celeste em perseguir seu sonho. Mas admira a ousadia do Zé da Cabrita. Talvez tenha sido, entre todos eles, aquele em que o sentimento de indignação com o que aprendeu nas aulas de História tenha batido mais forte e despertado o desejo de correr atrás de suas origens sertanejas. Guarda a carta na pequena caixa de madeira e permanece em silêncio, deixando o pensamento voar.

O sol da tarde continua inclemente, abrasando o telhado dos casebres no bairro pobre do Crato. Caminha pelas ruelas de terra, procurando uma sombra para descansar. Observa as crianças barrigudas e maltrapilhas, correndo de um lado para outro no quintal cercado por pés de palma, observadas à distância pela mãe de semblante entristecido e rosto encovado. Continua caminhando até se deparar com uma pequena praça de formato disforme, onde um enorme mandacaru serve de apoio para a lona encardida do improvisado circo. Aproxima-se com curiosidade. Observa pela fresta e se surpreende com a cena.

O palhaço brinca com um grupo de crianças. Dá uma cambalhota, levanta-se ligeiro, enfia a mão no bolso sem fundo, olha intrigado para a pequena plateia, dobra o corpo até os dedos roçarem a ponta da botina. Pisca seguidamente o olho esquerdo, enquanto puxa a mão para fora, apalpa os bolsos do paletó, até encontrar o surrado livreto de cordel. Abre o folheto, arregala os olhos, caminha em direção à criançada, passa a ponta do dedo indicador na língua, vira a página e lê com a voz sonora e pausada: "Crescido em chão espinhoso, aprendeu logo a missão. Sempre firme e caridoso, foi nosso Pai no Sertão". Em seguida, passa o cordel para o garoto à sua frente. "Continua lendo!" Surpreso e inseguro, lê tropeçando nas palavras: "Pela Virgem Maria abençoado". Diante do seu embaraço, pergunta: "Quem continua, quem se habilita?". Ninguém toma iniciativa. O palhaço intervém. "Vamos formar grupos de três. Quem tiver dificuldade de ler, pede ajuda pro outro. Depois de lerem os versos, escolham uma palavra e façam com ela outro verso. Não é difícil, é só destravar a imaginação", diz enquanto distribui cópias do cordel, folhas de papel e tocos de lápis para as crianças.

Percorre os pequenos grupos, dando palpite, corrigindo erros, batendo palma, dando tapinha nas costas de um ou fingindo puxar a orelha de outro. Segue-se uma divertida apresentação dos novos versos. "Pelo rico zoado, nunca perdeu a razão." "Com fé fez milagre, salvou o pobre da danação." "No Sertão..." O palhaço corre para trás do lençol preso ao teto de lona, onde guarda suas fantasias e apetrechos. Volta carregando uma pequena mesinha e uma caixa. Abre-a e a mostra ao grupo. Está vazia. Cobre-a com um pano colorido. Passa a mão sobre ela, seguindo o traçado de uma cruz. Puxa o pano e pede para a garotinha sentada no chão se aproximar. "Abre a caixa", diz fazendo um gesto estudado. Ela o obedece: está cheia de flores vermelhas. A criançada aplaude.

O palhaço dá uma cambalhota, levanta-se, pega a sanfona e toca uma música animada, pedindo que a garotada o siga, enquanto caminha em círculo. Para de repente, bota a sanfona de lado, tira o lenço do pescoço e o coloca no ouvido de um menino. Passados uns instantes, tira um ovo. A criançada cai na risada. Corre em direção a outro garoto e repete os mesmos movimentos. Arregala os olhos, enquanto puxa de dentro do lenço um pintinho. Espantado, o grupo aplaude. Dá nova cambalhota, levanta-se, estufa o peito e volta-se para a mesinha. Esvazia a caixa e a cobre novamente com o pano colorido. Pousa a mão sobre ela, olha demoradamente para a pequena e atenta plateia, puxa devagar o lenço. Ao abri-la, deixa escapar um casal de pombinhas. Elas voam em círculo, até encontrarem a fresta por onde escapam.

Passado o espanto, gritos e aplausos misturam-se com risadas. As crianças saem correndo. Ela continua batendo palmas. O palhaço não acredita no que está vendo. "Professora, como me achou aqui no Sertão?" Corre em sua direção e a abraça emocionado. "Logo eu te conto, Zé. Temos tanta coisa para conversar. Faz antes um pedido, pede aquilo com que mais sonha." Ele a solta devagarinho, segura por um tempo seus braços. Olha-a diretamente nos olhos.

Pouco depois, observa Lampião sendo abençoado por Padre Cícero no interior da Capela de Nossa Senhora do Perpétuo Socorro. Ao sair, quase se trombam nos degraus da igreja. O Capitão olha para ele demoradamente e diz: "Vem comigo".

3/
Sertões

Lá para o meio do ano, o dia amanhece frio em certas bandas do Sertão. A cerração encobre várzea e terra baixa. Quando chega perto das onze, é a melhor das horas. Homem senta na soleira da porta, mulher proseia na janela. Meu gosto, desde moleque, é aproveitar esse tempo pra deitar em pasto de capim-gordura, tocar a ramagem macia, observar a luz do dia dourando folhas secas de erva--cidreira, sentir o morno do sol espalhando o cheiro da terra, esquentando o corpo e enchendo a alma de sentimento leve, tão leve

estava meu coração inocente, quando recebi visita de Deus Pai, Deus Filho e Espírito Santo na primeira comunhão. Olhei com respeito e fé a pequena hóstia consagrada, de tão alva e transparente que quase tremia, não fosse a mão firme do padre e sua voz solene: "Corpus Christi". Botei a ponta da língua pra fora, fechei os olhos e senti o Senhor Meu Deus pousar de leve, tão leve

que nem mistério que para o tempo e suspende a hora no ar, silencia o canto dos anjos e vibra as cordas do silêncio, faz o dia parecer noite e a noite parecer dia, leva o mundo a nada mais ser e a continuar inteiro, força o coração a se contrair de dor e a explodir de alegria, tão forte e tão intensa

era a vontade de compreender o segredo das palavras, que não cansava de escrevinhar no chão de terra varrida letras que tinha aprendido de cor nas primeiras aulas de catecismo: "Deus me vê". "Deus me vê", repetia eu que nem papagaio, sem entender que o batido de som tinha significado nas letras. "Deus me vê", este mistério não carecia de luz
 como eu não carecia de leitura para aprender nas aulas de Dona Benedita, solteirona de costume rígido e vontade forte, de carnes tão magras que era apelidada e também conhecida por Dita Saracura. Tão magra e rija
 era sua mão ameaçando e batendo com palmatória, que não tinha outro jeito, senão prestar muita atenção nas ideias que não entendia, como "Santíssima Trindade é Deus Pai, Deus Filho e Espírito Santo, cada um sendo um, sendo todos só um". Entonce, era repetir, decorar e responder o perguntado com a resposta guardada na ponta da língua. Toda manhã de sábado era o mesmo lero-lero. Tão minguada era a alegria
 que só depois do catecismo podia brincar com a molecada ou escapar mode observar trilha de porco-do-mato, subir em pau espinhudo de paineira, ou de pequi, pra espiar filhote na casa de João-de-barro. Desde pequeno, felicidade era curta e liberdade pouca
 tão pouca, que aprendi a fazer o tempo, que era só meu tão pouco, ficar grande que nem o rio que beirava a vila e carregava nas águas mansas solidão e anseio. Dele não conhecia começo nem fim, só o meio que separava as terras daquele lugar e minha infância em duas bandas, a do lado de cá e a do lado de lá, o antes do depois. A vida era só o começo do caminho. Demandava só caminhar. Não carecia ruminar muita ideia. Era só deixar se levar
 pelas horas do dia, ora lentas, ora assustadas. Antes de enveredar no pasto ou no brejo, era de costume se proteger com reza: "São Bento, água benta, pro Senhor Jesus abençoar. Bicho mau baixa a cabeça, pro filho de Deus passar". Repetindo reza e respeitando costume, a vida parecia leve e pequena, tão pequena

que botava pergunta sem resposta: "Será que o mundo seria para sempre do mesmo modo? Tinha como enveredar por outros caminhos, além daqueles traçados no chão batido de terra?". Comecei a assuntar, com o coração espremido de dúvida. "Teria saída pro Sertão que já estava dentro de mim, alimentando e amordaçando a alma? Haveria sabedoria para desfazer laços de trama tão bem urdida?" O feito parecia não poder ser desfeito. Ou teria jeito de descobrir o segredo das palavras? Tentei, entonce, escrever com areia o nome que estava rabiscado com giz no quadro negro e gravado na memória: Benedita. Soletrei, juntando letra com letra, enquanto escorria a areia da mão para o chão do terreiro. Botei sentido no som da voz e nas letras que iam se formando: Be-ne-di-ta. Repeti: Be-ne-di-ta. Será que podia juntar as letras com sons diferentes? Tentei: be - bi - ba. Mais uma vez: ba - be - bi - bo - bu. De novo e diferente: na - ne - ni - no - nu. Da - de - di - do - du. Misturei: bobo, dado, nada, tudo. Os olhos vertiam lágrimas de encantamento. Sentimento ficou maior que o coração, leve, tão leve como voo de borboleta, a descoberta das palavras rompeu as amarras que prendiam meu destino no Sertão. O mundo ficou grande, a vida menos miúda e os Sertões passaram a ser muitos, dentro e fora de mim.

4/
Ecos da solidão

A notícia o traz de volta ao presente, ele está novamente no hospital. A morte está rondando, pensa com tristeza. Lê a curta mensagem enviada pela irmã: "Diz que está preparado para ir. Sonha muito com a mamãe e acredita ser um sinal de que seu fim se aproxima". Lembra-se da foto do irmão tirada na cadeira de balanço em frente à imponente casa construída na base da colina, no meio do terreno gramado cercado pela mata. O azul forte do céu contrasta com o verde intenso bafejado pelo sol do final da manhã. A brisa vinda das terras baixas atenua o calor daquele dia de verão. A imagem é o retrato da solidão e o silêncio uma evidência eloquente do isolamento, aquele que perseguiu como busca desesperada e, ao mesmo tempo, insólita.

Os momentos da breve temporada em que estiveram juntos volta à memória. Passara horas em frente à lareira ouvindo suas estórias. São lembranças dos primeiros tempos da carreira iniciada na capital mineira nos anos sessenta. A mestra com quem aprendeu as primeiras lições de arte o aconselhou a buscar novas experiências — "Você não tem mais nada a aprender aqui" — e o recomendou a um amigo, dono de um dos mais influentes ateliês do Rio. No pequeno estúdio no Flamengo, vara noites entalhando na madeira as figuras que o tornaram um artista conhecido e premiado na xilogravura, gravada em filigrana de rendas persas sobre corpos contorcidos, anjos em queda do paraíso, plebeus de dedo em riste, línguas lambendo membros tesos, olhares consumidos pela loucura, a beleza reinventada pelo avesso na profusão de imagens e esplendor de cores barrocas que desafiam e rompem os padrões da arte, inferno dantesco que habita seus sonhos.

Riem das estórias que ele inventa, dos personagens criados e das cenas que representa para espantar a solidão. São momentos descontraídos, vividos com compaixão, que preenchem anos de ausência. Sabe que a cadeia de afeto entre eles foi rompida e dificilmente será restaurada, apesar da proximidade passageira daqueles dias em que a trégua predomina sobre rancores antigos e a mágoa fica em suspenso, esquecida num lugar distante da memória.

Ao receber a mensagem de que ele está à beira da morte, sente uma dor pequena atravessando o peito, daquelas que chegam e tomam assento, ao lado da sua, que já estava ali. A notícia soma-se a outros fatos desconcertantes que o trazem de volta ao pesadelo. Sim, viver tornou-se um pesadelo, atenuado pelo exercício de depurar suas lembranças. Elas haviam se tornado tão vívidas, havia nelas tanto entusiasmo, que por certo tempo achou ter encontrado uma rota de fuga. Mera ilusão. A angústia volta com ímpeto redobrado. Pisa no fio da navalha, vaga pelas bordas do precipício. Apavora-se. Envia mensagens desesperadas. De longe, chega a resposta singela: "Calma, vamos tomar um café no feriado!".

Sente-se recluso no pequeno apartamento, isolamento que impõe a si mesmo. A sanidade se liquefaz aos poucos, as próprias mãos erguem as paredes de sua clausura. Deve resistir, não sabe como.

Precisa conversar com o amigo que finalmente chega para vê-lo, mergulhar em seus olhos, ouvir sua voz, sentir seu coração pulsar, rir risadas espontâneas e inocentes, viver o corriqueiro e o modesto, experimentar o gosto do bolo que acaba de sair do forno e aspirar fundo o cheiro do café cremoso que lembra Minas. Ele toma o primeiro gole, faz uma pausa, procura controlar as palavras embargadas pela emoção repentina. "Encontrei com sua mãe em sonho. Foi logo depois de ter deixado a praia na passagem de ano. Ela se aproximou, pegou minhas mãos e disse: 'Vai dar tudo certo'. E se foi. A mensagem era também para você." Enxuga as lágrimas na barra da camiseta.

5/
Silvia

Relê o texto de Petrônio. "Não há uma palavra que possa apreender sua beleza. Na verdade, qualquer coisa que eu disser será pouco. Seus cabelos naturalmente ondulados se derramavam sobre seus ombros, a fronte pequenina, que fazia as raízes dos cabelos voltarem-se para trás, as sobrancelhas que iam quase até as maçãs do rosto e quase se misturavam do outro lado, no encontro das vistas, os olhos mais brilhantes que estrelas resplandecentes em noites sem luar, as narinas ressaltadas, e a boca, pequenina, qual Praxíteles acreditou tê-la Diana. Sem falar do queixo, da nuca, das mãos, da candura dos pés colocados numa grácil rede de ouro: tudo teria ofuscado o mármore de Paros. Assim, então, foi que eu, enamorado, pude esquecer Dóris."

A luz da manhã ensolarada ilumina em viés sua imagem sob o arco de pedra do pátio interno da antiga instituição de ensino. Ressalta as linhas do pescoço delgado, penetra as dobras da túnica de linho claro, bordada em delicadas ramagens de flores silvestres, para de repente entre a linha divisória dos seios arredondados, e fica à espreita, querendo decifrar seu anseio. Os cabelos naturalmente ondulados derramam-se sobre os ombros, protegendo-os. O nariz pequeno, levemente arrebitado, sobre lábios carnudos, rosa-avermelhados, desejam e convidam em silêncio, o mais despretensioso e inquietante. Os olhos, brilhantes, ressaltados por sobrancelhas arqueadas, interrogam, investigam. Os pés colocados em graciosas sandálias de couro entrelaçado deixam à mostra calcanhares macios, dedos esculpidos em mármore de Paros. Depara-se com ela por acaso. Ela havia permanecido ali durante o intervalo. Não está maquiada e sua beleza, rara e resplandecente, é nublada pela melancolia que empalidece o rosto e embaça o olhar. Aproxima-se. Não consegue disfarçar o embaraço de ter sido surpreendida no momento de solidão e tristeza. Tira o lenço de cambraia de linho da bolsa e enxuga as sobras de lágrimas. Permanece em silêncio por alguns instantes. Ele toca de leve seu ombro e se afasta. A imagem dela, desprotegida e frágil como uma gazela desgarrada, o comove. Invadirá suas noites de insônia.

Encontram-se numa pizzaria no bairro nobre em que ela mora. Ela o convidara, depois de semanas de entreolhares e gestos contidos para dissimular a atração cada vez mais forte. Conta-lhe detalhes de sua vida para além do frisson nas passarelas onde brilha como modelo de um dos mais renomados nomes da alta costura paulistana. É casada, tem dois filhos pequenos e vem sofrendo constantes agressões físicas do marido. Buscou na volta à universidade uma rota de fuga para o desamparo e a vida sem sentido. "Você tornou-se meu refúgio na solidão que me cerca. Suas aulas me despertam para o conhecimento do outro, do diferente, o universo de sinais trocados sobre o que tem sentido na vida. A viagem que nos leva por culturas tão diversas me fez olhar para dentro de mim mesma. Custei a admitir que não me apaixonara pela Antropologia, mas por você." Surpreso, acaricia sua mão, aperta-a devagar e intensamente, transmitindo o desejo que o consome.

Desfaz o laço de tiras de couro acima do tornozelo, acaricia seus dedos e beija seus pés. Toca suavemente seu rosto, os lábios sedentos da boca pequena, a fronte delicada, a nuca coberta pela cabeleira ondulada sobre o travesseiro, o ombro desprotegido, os seios redondos no peito arfante, o ventre esculpido em mármore e as curvas do corpo helênico. Não existe saciedade para a fome que os devora.

Anos depois, as lembranças voltam à memória com uma paz perturbadora. Perdera a força avassaladora do desejo da juventude e dos primeiros anos de maturidade. A volúpia deu lugar a lembranças ternas, como fotografias de cores esmaecidas. O desejo, reacendido momentaneamente, esmorece em seguida. A beleza está em outro lugar e o prazer em outros sentidos.

A maldição de Tântalo

"Barba nascendo grisalha. Esse é o primeiro sinal quando surge cabelo grisalho. E o gênio ficando irritadiço. Fios prateados entre os cinzas. Imagine sendo mulher dele. Eu me pergunto como ele teve a audácia de pedir uma moça em casamento. Saia e venha morar no cemitério. Balance isso diante dela. Pode excitá-la a princípio. Cortejando a morte. Sombras da noite pairando aqui com todos os mortos estirados à volta. As sombras das tumbas quando os cemitérios bocejam."

O texto de Joyce o atinge e o incomoda. Os cabelos há muito deixaram de ser prateados. Olha-se no espelho depois do banho para conferir o resultado do sabonete usado para escurecê-los um pouco, mantendo o brilho natural. O jovem com quem troca mensagens no Messenger diz que se apaixonou. Tem atração por homens maduros, experientes, que conhecem o verdadeiro significado do amor. Vê a relação como entrega de um ao outro, paixão e ternura. As mensagens reacendem as chamas do seu desejo.

Enxuga-se devagar, divaga. Toca-se e não obtém a desejada resposta. Sentenciado a não saciar a própria fome e sede, carrega a condenação dos deuses, por ter roubado manjares do banquete a eles destinado no jardim das delícias. Dionísio não vem em socorro, nem se comove com seu infortúnio. Angustiado, corteja a morte. Caminha pelas sombras dos corredores até a sala. Mantém as luzes apagadas, enquanto dirige-se ao pequeno bar entre as colunas de madeira. Ergue com a mão trêmula a garrafa de vidro lapidado de Tântalo e bebe o último gole de vinho.

Deixara-se enganar estupidamente. De nada valeu a experiência de vasculhar perfis nas redes sociais, enredando-os na teia armada para seduzir, brincar com o outro, roubar-lhe os sonhos, vampirizar seus sentimentos. Deixou-se envolver e perdeu-se em devaneios. O jovem ator não oferecia tudo aquilo que habitava seus sonhos, não prometia colocar a seu alcance o consolo de carícias ternas e o estertor da carne trêmula?

Sabia que o estava enredando numa trama com desfecho incerto, mesmo assim continuou. Resistiu, insistiu, esticou a corda, protelou. Mas acabou sucumbindo ao fato de não poder manter a farsa. Não se perdoa por ter acreditado, por um breve momento, que tudo poderia mudar tão radicalmente.

Ah como o enternecera ouvir que seus cabelos grisalhos ainda despertavam paixão!

Iludir-se assim tão ingenuamente revela a fragilidade em que se encontra. A vida continua fora de lugar. Não consegue vislumbrar muito além do dia seguinte. Sobrevive como equilibrista na corda fustigada pelo vento. As soluções arquitetas em noites de insônia estão em descompasso com a realidade implacável. O cerco continua fechando-se e os dias parecem contados.

Refugia-se nas lembranças, aquelas que abrandam o coração.

7/ A visita

Senta-se ofegante e pede um copo d'água. Tira o lenço bordado da bolsa, enxuga as gotas de suor na testa e no rosto. "Ah! essas escadas são meu martírio", diz acomodando o corpo volumoso na cadeira. "Nossa, faz tanto tempo que não te vejo", diz para a mãe do garoto que as observa da porta do corredor. "Estive aqui anos atrás, quando esse menino era recém-nascido. Como cresceu e como continua lindo! Vem cá, meu querido, me dê um abraço", fala abrindo os braços curtos e pesados de pele alva e carne flácida. Ele se aproxima hesitante, ela o envolve no regaço de banhas e papadas, perfume de rosas, borbulho que revolve o estômago, sussurro de gases que trafegam pelas entranhas, mãos que acariciam seu cabelo.

Cobre o confortável vestido de tafetá, de decote generoso e sem mangas, com a mantilha espanhola salpicada de flores multicoloridas e bordejada de franjas de seda. Usa um colar de três voltas de contas de vidro preto, imitando ônix, e um par de brincos, pencas de lágrimas do mesmo material. As sobrancelhas finas e arqueadas, os olhos negros e brilhantes como jabuticabas sob a luz do sol, o nariz bem-feito e os lábios pintados com batom vermelho lhe conferem o ar nostálgico de uma atriz que acaba de sair da tela do cinema mudo.

"São tantas as novidades que não sei por onde começar. Lembra-se da Regina, aquela feiosa que conseguiu agarrar o homem mais cobiçado da cidade, o Juquinha, marido da sua comadre?" "Sim, me lembro bem, o que aconteceu com ela?" "Pois é, fiquei sabendo como ela segura o macho peludo, de caralho que mal disfarça sob as calças de linho." Faz uma breve pausa enquanto observa o semblante se consumir de ansiedade. "Você não vai acreditar. Ela o esgota na cama, ele a come em posições inimagináveis, reza a missa e percorre a via-sacra em cada um de seus três orifícios. Não satisfeita em ser virada do avesso, recolhe sua porra numa caneca. Bebe o caldo para abrandar o fogo que volta a queimá-la por dentro", diz arregalando os olhos e molhando os lábios com o restinho de água deixada no copo.

8/ O aniversário

A cidadezinha, vista do alto da colina, parece um presépio incrustado nas montanhas. A infância passada nesse lugar remoto é marcada pelas cerimônias solenes da Semana Santa. Acompanha os pais no caminho de quatro quarteirões que separam sua casa da Igreja Matriz. A mãe veste o tailleur preto, cinturado, de abas plissadas sobre os quadris revelando o corpo bem-feito e as pernas alvas, cobertas pelas meias transparentes de seda. O pai usa o jaquetão de casimira cinza, as calças de barra italiana cobrindo na medida certa os sapatos de cromo alemão, levemente deformados pelos joanetes. Caminha entre os dois, ora pegando a mão de um, ora a de outro, ou enfiando as mãos nos bolsos da calça do terninho creme de botões marrons. Sobem os degraus da escada, passam pelas pesadas portas de madeira, molham as mãos na pia de água benta e se benzem. Ela dirige-se à entrada à esquerda, ala reservada às mulheres, ele segue com o pai pelo lado oposto e senta-se ao seu lado no banco, no lugar mais próximo ao corredor central. Deste local observa cada detalhe do ritual sagrado.

Os olhares concentram-se no amplo espaço reservado ao altar-mor, de mármore branco e frontal superior de madeiramento ricamente entalhado, pintado de creme e dourado, reluzente sob a luz de velas em candelabros de prata e de lâmpadas em lustres suspensos por correntes presas ao teto. Os sons do órgão anunciam a entrada do sacerdote vestido com a túnica de linho de bordas finamente rendadas. Dirige-se ao centro do átrio, faz a genuflexão antes de abrir o sacrário e retirar a hóstia consagrada. Coloca-a no ostensório de ouro maciço, decorado com brilhantes. Homens e mulheres ajoelham-se enquanto o Poderoso é incensado e o coro entoa o Tantum Ergo. O ajudante lhe traz a pesada capa ornada de franjas imitando ouro velho. Vira-se para os fiéis e aguarda a chegada dos quatro acólitos empunhando as hastes do pálio sob o qual protege o Santíssimo. O coroinha alinha-se à sua frente, segurando o turíbulo guarnecido de incenso em brasa. Seguem em procissão pelo corredor principal coberto pelo tapete vermelho, o coroinha balançando o turíbulo de um lado para o outro, espalhando a fumaça do incenso, enquanto o sacerdote mantém o olhar fixo no ostensório, de onde a energia misteriosa e inconfundível do sagrado se espalha para tocar suave e irresistivelmente cada um dos presentes. Sente o coração tremer, aflito e pequeno.

Perto das quatro da tarde, penteia os cabelos depois de tomar banho. Veste a roupa nova que ganhou de presente dos pais. Desce devagar os lances de escada e senta-se no último degrau de onde observa o passeio da rua até onde a vista alcança, as colunas brancas da última casa, logo depois do Centro Espírita, e do outro lado as paredes compridas da casa da Dona Augusta, onde ela vive com as filhas solteironas. Sabe que a qualquer momento surgirá, no passeio da direita, a figura pequena da madrinha Ceci, que aumenta à medida em que caminha a passos tranquilos em sua direção. Seu coração entra em sobressalto quando ela se aproxima do passeio da praça da cadeia e sorri para ele. É o sinal para se levantar e correr em sua direção, dar e receber o abraço apertado, ouvir a voz doce: "Feliz aniversário, meu querido!".

Sobem de mãos dadas o quarteirão e as escadas do chalé. A mãe os espera com a mesa posta: docinhos caseiros, guaraná servido em copos de papel e o mesmo bolo de todos os anos: o coelhinho com cobertura de glacê branco salpicado de coco ralado. Na cama coberta pela colcha de retalhos estão os presentes: os pares de meia recebidos da avó Noêmia, o pulôver azul-marinho tricotado pela tia Filhinha, o par de sapatos Passo Doble, presente do pai para durar um ano, e o mais aguardado de todos, o da madrinha, o caminhãozinho de cores reluzentes que se desloca de um lado para o outro, ao ser acionada a corda.

À noite, quando o silêncio toma conta da casa, pega o brinquedo, abre e pula a janela do quarto, caminha pé ante pé, sem fazer barulho, até o alpendre. Senta-se no chão ladrilhado e brinca mais um pouco, longe dos olhares invejosos dos irmãos. Sabe que no Natal o pai lhes dará um igual, o que alivia o peso de não compartilhar, desvio de conduta aprendido nas aulas de catecismo. Mas esse momento é só seu, haveria algum mal nisso? Deixa o presente de lado, apaga a vela e observa a noite. Aos poucos, vão se tornando mais nítidos os contornos das folhas dos pés de coqueiros-nanicos no centro do gramado dos dois lados da escada. Respira fundo e acompanha o movimento dos pulmões alargando e diminuindo o peito, como o fole do Seu Onofre, o serralheiro.

Aguça os sentidos. Sente o perfume suave das rosas a poucos metros sobressaindo-se levemente sobre o cheiro da grama orvalhada. Ouve os sons do silêncio, vários deles, quase imperceptíveis aos ouvidos, o latido de um cachorro ao longe, uma janela que se fecha na casa do vizinho, o farfalhar das ramagens das enormes casuarinas em frente ao chalé. Encanta-se com o céu coalhado de estrelas, algumas solitárias, distintas em seu brilho reluzente, outras que não passam de um ponto de luz na imensidão do firmamento, milhares, talvez milhões delas, e ainda as massas nebulosas em que elas se aglomeram para tecer bordas no manto da noite. Sente-se pequeno, um grãozinho de areia, quase nada no universo sem fim. O sentimento de pouco ser, esse vazio que não sabe explicar de onde vem, toma conta do coração ao perceber que a solidão na abóbada celeste sobre sua cabeça e do mundo ao redor também lhe pertence.

9/
Rola

Sai de casa às escondidas, enquanto os irmãos descansam no quarto depois do almoço e a mãe e empregadas arrumam a cozinha. Sabe que o encontrará no orfanato, construção que não havia ido além da base de pedras e encontra-se tomada pelo mato e pés de mamona, cercada de capim-alto. Sobe a parede baixa e caminha pelas trilhas estreitas dos alicerces da obra inacabada, por onde costumavam brincar de pique, até descobrir onde ele havia se enfiado.

Pula para dentro do espaço quadrado onde ele o espera. "Não pude vir antes." Ele o encara com uma risadinha, enquanto abre a braguilha. "Hoje você terá uma surpresa! Pronto para bater mais uma?" Curioso, ele tira o pau para fora, enquanto os dois seguem o mesmo ritual de masturbarem. "Olha, estou virando homem!", diz ofegante. Ele observa de soslaio e vê uma gota saindo da ponta do seu pinto. Não sabe exatamente o que isso significa.

"Vamos, falta a coisa mais importante." "O quê?" "Você verá, vem comigo!" Deixam o local, atravessam a praça de terra batida em frente à igrejinha, dobram a esquina e descem pelos becos estreitos do bairro da Santa Cruz. "Pronto, chegamos", diz ao parar em frente à casa de tijolos que mal se equilibra no alto do terreno, de porta e janelas desalinhadas e curtidas pelo tempo. "Fica quieto e só observa", diz ao subirem os degraus cavados no barranco. Bate três vezes, deixa passar alguns segundos, bate novamente. É o código combinado.

Uma negra alta e de óculos escuros abre a porta. Ele a reconhece, é a Rola. "O que este moleque está fazendo com você? Aqui não é jardim da infância!", diz com azedume. "Ele veio só ver", responde inseguro. "Não devia. Não quero problema com a mãe dele." "Deixa entrar", insiste. "Tá bem, mas para ver tem um preço extra, não foi o combinado." Atravessam a pequena sala, entram no quarto escuro. Ele é barrado na porta. "Fica aqui!", ela ordena com voz desgostosa e rouca. Ele os observa de longe. A velha prostituta tira o vestido surrado de algodão, deita-se na cama e abre as pernas. "Vem, meu querido!", diz esticando os braços. Não acredita no que vê. Sob a camada de pelos crespos, os lábios se abrem e se transformam na bocarra que o engole.

O sol da manhã de verão ilumina seu corpo estirado sobre a mureta de cimento, do lado direito da piscina. Aquece as pernas ainda molhadas e seu bafo morno sobe como uma onda pelas costas, onde concentra-se, secando lentamente a água dispersa em trilhas e provocando arrepios na pele, sensação de felicidade miúda e apenas sua. Repousa a cabeça sobre os braços cruzados, abre devagar as pálpebras e observa a gota d'água pender nos cílios, impregnada de luz. Tremula por mais alguns instantes sobre os fios negros até eles vergarem sob seu peso, deixando-a cair. O resfolegar da respiração compassada movimenta para lá e para cá os pelos do braço agora secos. O tempo passa devagar neste momento de lassidão.

Tem uma visão privilegiada do trampolim, da parte funda da piscina e do primeiro degrau da escada que leva aos vestiários. "Qual das três aparecerá primeiro?", pergunta-se depois de ver o trio inseparável de jovens, de riso solto e desavergonhado, passar por ele. Finalmente ela surge, exuberante, com o maiô preto colado ao corpo, os cabelos lisos e curtos, o nariz fino e arrebitado, o sorriso inconfundível que acentua as covinhas dos dois lados do rosto, os seios redondos, as formas curvilíneas e o par de coxas generosas. É ela, a Pelé, apelido da Maria Nívea, nome que contrasta com a tonalidade escura da sua pele.

 Surpreso, ele a vê caminhar em sua direção, enquanto as amigas, a loira e a outra de olhar felino, preferem tomar sol na prancha do trampolim. Deita-se de bruços na mureta, alguns metros à sua frente. Ele observa os dedos, a pele macia da sola dos pés e dos calcanhares arredondados, as pernas torneadas e a linha das coxas terminando nas curvas acentuadas do traseiro que encobre outras partes do corpo. Passado um tempo, ela vira-se de costas e dobra uma das pernas. A sensação de sangue circulando mais ligeiro nas veias o desperta da inocência. É pego de surpresa por impulsos desconhecidos. As amigas dela se aproximam e dizem alto, entre gargalhadas: "Vamos dar uma lição neste moleque!". Ainda rindo, o pegam pelos pés e pulsos, o balançam uma, duas e três vezes, antes de o jogarem na piscina. Mergulha nas águas frias, volta à tona do outro lado e segura-se no quebra-ondas. Olha para as duas e esboça um sorriso de cumplicidade.

10/
Primeiro beijo

Levanta-se cedinho, antes do dia clarear. Passa pela cozinha onde o pão com manteiga e a fatia de bolo estão no canto da mesa, cobertos pelo pano de prato. O café na garrafa térmica está frio. Toma poucos goles, enquanto come apressado. Atravessa o quintal e sai pelo portão do fundo, cuidando de trancar o cadeado. Sobe a rua de terra, esfrega as mãos para aquecê-las, aspira a aragem fria. Aperta o passo, deixa para trás o asilo, a casa da tia Maria, o hospital. Para diante do cruzeiro e lembra da reza feita pelo pai, quando percorria com ele este mesmo caminho em manhãs igualmente geladas. O mato rasteiro cresce no interior das rachaduras dos degraus de cimento. Coroas desbotadas de flores de papel resistem ao tempo no entremeio dos braços de ferro rendilhado do cruzeiro. Evocam preces e lamentos, sussurrados ao vento em tempos de desesperança. Permanece em silêncio, mergulhado na paisagem contaminada pela solidão.

Caminha pela estrada amealhada de sulcos abertos na terra vermelha, cobertos de areia encardida e minério escuro revolvidos pela enxurrada. O traçado plano dá lugar a barrancos cada vez mais altos, deixando à mostra parte das raízes de árvores de troncos retorcidos. Pega a estrada vicinal que leva ao sítio. Lembra-se do pai, das orientações para administrar a propriedade e a colheita do café, enquanto ele se ausenta para submeter-se ao penoso tratamento da coluna na capital. O momento da despedida é carregado de sentimento e de significado, como um rito de passagem. Olha em seus olhos negros, sente suas mãos apertando-lhe os ombros ao dizer: "Confio em você, saberá agir com segurança. Seu tio irá uma vez por semana para conferir como andam as coisas e te ajudar, se necessário".

Sente o peso da responsabilidade que lhe é atribuída. Não completou dezesseis anos e terá que responder pelo cuidado do estábulo, a ordenha e entrega do leite, tarefas que a dupla de empregados sempre desempenhou com destreza. Mas a colheita do café é mais complicada. Terá que lidar com trabalhadores temporários, a maioria desconhecidos, alguns tinhosos e dissimulados, outros prontos para argumentar, contestar e eventualmente enfrentar o rapazinho inexperiente e aparentemente frágil. Decide não os submeter à autoridade que sabe não ter, mas exercer o controle de forma branda. Cumprimenta a cada um pelo nome, ao entregar o pano e os balaios para a colheita e ao dar, no final do dia, a ficha com anotação da quantidade de balaios de grãos colhidos. A entrega e conferência da produção é feita no terreiro de café, em frente à tulha, onde o produto é finalmente guardado.

Senta-se na mureta do alpendre da sede da propriedade para descansar, antes de voltar para casa. A estrada faz uma curva longa, deixando à mostra parte da cidade e a barreira de colinas no horizonte. Testou-se novamente naquele dia que se esvai. Seguiu o roteiro programado, não houve surpresa. No entanto, o sentimento cada vez mais forte, dor miúda que não sabe de onde vem, cresce e toma conta. Reluta, mas não tem como negar a sensação de que precisa deixar este lugar, mas não sabe para onde ir. Torna-se cada vez mais estranho no mundo que, no seu íntimo, abandona aos poucos, sem conhecer aquele que o poderá acolher.

Ela está passando as férias na cidade, hospedada na casa da tia. É atrevida, atitude que explora sedutoramente, ancorada na extrema beleza. Os olhos azuis cintilam, investigam, desejam, insistem. As covinhas acentuam-se e o rosto ilumina-se com o sorriso. Os cabelos loiros e longos, revoltos, reafirmam o espírito livre, o gosto pela aventura, a rebeldia latente. Na visita à família, olha-o fixamente, a derradeira conquista. Dissimulada, desvia o olhar ao perceber sua inquietação. Interroga, faz perguntas banais, explora o terreno. Ele está longe de ser o macho que desperta sua imaginação e satisfaz seu anseio, mas tem um quê de mistério que a excita. Talvez nunca tenha se apaixonado ou transado. Pressente sob aquele semblante sereno e reservado o desejo submerso, tão voraz como o seu, aguardando o toque para despertar.

Ela segue seus passos à distância, disfarçadamente. Encontra-o no pequeno espaço que separa a casa da propriedade vizinha. Ele observa a saída das abelhas jataí pelo tubo de cera na fenda na mureta. Quando criança, costumava selá-lo só para ver as abelhinhas voarem desnorteadas com a obstrução da entrada da colmeia. Percebe a aproximação da prima e vira-se sem manifestar surpresa. Aguardava por ela. Sem que ele espere, embora deseje, beija-o. Dirige-lhe o olhar malicioso e o deixa sozinho. Fica paralisado por alguns instantes. Sente os lábios queimarem. Permanece mais um pouco no local, imerso na inquietude daquele momento. Um fluxo desconhecido de energia percorre seu corpo, atravessa artérias e veias, espraia-se pela filigrana de vasos sanguíneos, reverberando na ponta dos dedos, acelerando as batidas do coração.

No dia seguinte, véspera da viagem de volta da prima, convida-a para ir ao cinema. Ela o aguarda no alpendre do imponente casarão, do outro lado da praça. Desce ligeiro as escadas, abraça-o e o beija no rosto. Enfia a mão no bolso do seu casaco e deixa que ele a prenda. Caminham em silêncio pela avenida. A sensação é de estarem sendo observados de todos os lados. Finalmente, ela pergunta: "Tudo bem com você?". "Sim", responde com a voz um pouco alterada. Pelo rabo do olho, percebe que está ficando excitado. Na tentativa de disfarçar, força o casaco para baixo usando as mãos nos bolsos. Ela aproveita para tocar seu membro teso. Desconcertado, enrubesce. Ela beija novamente seu rosto e sussurra no seu ouvido: "Gostoso!". As carícias continuam durante o filme. "Fica um pouco comigo, a essas horas o pessoal deve estar dormindo", convida-o. Sobem as escadas devagar, ela abre cautelosamente a porta. "Entra", diz baixinho. Entregam-se ao beijo demorado. Sente as comportas se abrindo, liberando o desejo incontrolável. "A sessão de cinema acabou!", diz a tia com a voz irônica ao acender a luz da sala. Ela os observava na penumbra. Desconcertada, justifica timidamente: "Estávamos apenas nos despedindo. Boa noite." Corre para o quarto. "Dê lembranças à sua mãe", diz a tia abrindo a porta da rua. Foi a última vez que viu a prima. As lembranças do namoro interrompido o perseguirão por mais tempo.

11/
1968

Olha ao redor e não acredita no que está vendo. Os olhos escuros piscam atrás das lentes grossas dos óculos. "Protesto contra a burrice dos nossos educadores!" A frase, no centro do quadro-negro, expressa a rebeldia dos alunos do último ano do Clássico. Os livros estão esparramados no chão. As carteiras com tarjas negras foram arredadas para os cantos e uma bandeira anarquista pende do tronco de árvore colocado no centro da sala. Nas paredes, pôsteres de Che Guevara, Ho Chi Minh e Dubček misturam-se com fotos e palavras de ordem da rebelião estudantil em Paris e no Rio de Janeiro: "É proibido proibir!" "Sejam realistas, peçam o impossível" "Abaixo a ditadura e o imperialismo" "Não ao acordo MEC-USAID". Observa os alunos sentados no chão, alguns calados e com olhar distante, outros em atitude desafiadora.

"Vim conversar com vocês, ouvir vocês. Afinal, o que querem?", pergunta com cuidado, evitando o confronto. O professor Nicola, querido e respeitado pelas aulas de português e literatura, foi escolhido para mediar a relação com os rebeldes, depois das tentativas fracassadas da direção do colégio e da perplexidade de outros docentes que haviam se recusado a dar aula, exigindo providências para restaurar a ordem. O clima é tenso e o movimento tem a simpatia da maioria dos alunos internos, embora permaneçam em cautelosa distância. "Então, podemos conversar? O que vocês realmente querem?" Depois de alguns instantes de silêncio, ouve de um deles: "Queremos liberdade". Dirige-lhe o olhar sereno e pergunta: "Liberdade é uma ideia ampla, pode significar muitas coisas. O que os incomoda, de fato?". Decide tomar a palavra, com a firmeza e segurança que o colocariam na liderança do movimento: "Queremos mudar as regras sem sentido, criar nossas próprias regras. Definir o que queremos aprender".

Está diante de jovens resolutos. Ele os conhece bem, afinal suas aulas haviam contribuído para despertar seu senso crítico. "O que está errado e desejam mudar?" Sem o deixar prolongar a fala, responde de pronto: "Mudar tudo. Ouvir a opinião de cada um, decidir as novas regras em assembleia. Temos o apoio das outras classes, basta um sinal para aderirem ao movimento. Não aceitamos interferência. Queremos mais diálogo e menos autoridade." Faz anotações na caderneta, pergunta novamente: "Que mudanças querem no ensino?". Ele responde com certa dose de ironia: "Para começar, professores que conheçam a matéria que ensinam. Temos propostas para mudar o currículo". Desta vez é ele que o interrompe. "Como assim?" Encara-o e responde de forma assertiva: "Começando por literatura, mais Machado de Assis, Graciliano Ramos, Guimarães Rosa e menos José de Alencar; mais Fernando Pessoa e menos Almeida Garrett. Queremos também Gide, Walt Whitman, Rimbaud, Keats, Ginsberg...". Ele ainda está processando as informações quando ouve: "Nas aulas de filosofia, gostaríamos de estudar Sartre, Camus, Kierkegaard...".

Fala por ele e pelos outros, mas sabe que está à frente da maioria e que poucos acompanham suas ideias. Tem passado horas enfurnado na biblioteca devorando livros enquanto eles perdem tempo assistindo a programas estúpidos de televisão. Conheceu militantes do movimento estudantil, ampliou relações, mantém correspondência com os novos amigos com quem viveu experiências delirantes nas férias

no Rio. Eles o haviam levado a assembleias, a tomar cachaça nos bares da Lapa, a fumar maconha, a assistir a filmes de arte no Cine Paissandu, onde foi iniciado na obra de Bresson, Fellini, Godard, Pasolini, Bergman...
É respeitado nos esportes a que se dedica com afinco. Gosta de nadar à noite na piscina disponível apenas para ele, torna-se exímio jogador de handebol, esporte recém-introduzido no país. Continua esguio, de peito e braços fortes, apesar de não serem musculosos. Os olhos castanhos claros, sob sobrancelhas espessas, são reluzentes e sedutores. Sabe que atrai a atenção e o desejo e não demorou a aprender como usar esse fascínio.

Amigo, deixa de olhar melancolicamente para a estátua dourada, rabisca na folha do caderno. Depois de alguns dias, consegue dar consistência às ideias e sonoridade aos versos do poema em prosa e de protesto contra a guerra no Vietnã. Não demora muito para chegar ao título: *Sonata ao bonzo suicida*. Mostra para o professor de literatura e decide inscrevê-lo no concurso literário promovido pela Associação Cultural da cidade. Meses depois, é aplaudido de pé na cerimônia de premiação ao se dirigir à mesa presidida por Menotti del Picchia, de quem recebe o prêmio — um livro de poesia de João Cabral de Melo — e o certificado de primeiro lugar.

A vida parece não ter barreiras intransponíveis, ele as supera uma após outra. No entanto, não está satisfeito, quer mais. Ingressa no movimento estudantil secundarista. Destaca-se pelas ideias ousadas, pelas críticas ao regime militar, ao cerceamento da liberdade e à brutal repressão. Participa de reuniões com representantes da UNE. É convidado a entrar no grupo clandestino de formação política. Ganha o exemplar do Manifesto Comunista, encanta-se com a leitura, compreende que pode jogar no lixo o que havia aprendido de história. Não sabe como juntar as ideias revolucionárias com a angústia existencial de Camus e o grito desesperado de Rimbaud em *Une saison en enfer*. Mas sabe que esta é a condição, sua condição, de continuar estrangeiro no mundo.

"É uma reivindicação absurda! Não temos como organizar os Jogos Estudantis sem cobrar ingresso. Quem paga a conta?", pergunta com irritação, batendo o punho cerrado na mesa. Do outro lado está a delegação de estudantes que não se deixa intimidar pelo dirigente do clube esportivo controlado pela maçonaria. "Não abrimos mão da demanda. Os jogos são dos estudantes, todos têm o direito de assistir", responde. "Então devem realizar o evento em outro lugar", desafia o brutamontes, enxugando o suor da testa. "Já temos outro lugar", diz com firmeza. Vinha negociando a possibilidade com a direção do Colégio Jesus Maria José, frequentado por alunas de classe média baixa. Em poucas semanas organizam a campanha, arrecadam fundos e fazem a reforma da quadra poliesportiva.

Os jogos passaram para a história como os primeiros totalmente organizados pelos estudantes, com entrada gratuita. As arquibancadas foram ocupadas por uma multidão entusiasmada, empunhando bandeiras coloridas. Lembra-se do jogo de abertura, handebol, uma novidade na competição. Fez o primeiro gol numa jogada ensaiada na saída de bola, em apenas 38 segundos de jogo! Uma proeza. Impuseram uma derrota fragorosa aos adversários. A torcida foi ao delírio quando derrotaram os jogadores parrudos do Pelicano, colégio mantido pela maçonaria, e sagraram-se campeões nesse esporte. Impuseram a eles outra derrota humilhante nas raias da piscina, vencendo nas quatro principais modalidades. Conquistou três medalhas de ouro, duas delas na natação, e uma de prata. Foi reconhecido como melhor atleta, o que mais amealhou medalhas nos Jogos Estudantis da cidade em 1968.

12/
Cliché

Quando olho para trás, para os anos passados neste colégio interno, sinto-me prisioneiro nessas colinas verdejantes onde o vento bate forte nas manhãs de inverno e as tardes de verão são consumidas pelo torpor e a lassidão dos corpos. O ar que respiro sufoca. Observo os olhares resignados, os gestos moldados pela disciplina, a vida demarcada pelo rigor das regras e sinto que parte da adolescência e da juventude nos foi roubada. Não tenho o que agradecer aos mestres. Quase nada aprendemos de relevante para a vida nesta instituição de ensino. Não posso enaltecer o passado, nem fazer profissão de fé no futuro. Vivemos uma grande mentira, uma farsa acobertada pela hipocrisia, uma tragédia encenada em silêncio.

Repudio o conhecimento transmitido, as normas arcaicas de comportamento, as informações inúteis, as orientações previsíveis e descartáveis para a jornada que ora iniciamos de rumo desconhecido. Jogo na lixeira a autoridade que sufoca, reprime anseios e esmaga o coração. Lanço alto e bom som o grito angustiante de revolta e de desejo pela liberdade que ainda desconhecemos e teremos de conquistar palmo a palmo.

Denuncio os olhares furtivos, o toque indesejado de mãos atrevidas, a respiração nervosa e entrecortada de lascívia que transformaram noites em pesadelo e sequestraram a inocência. Desprezo as cerimônias ritualizadas, desprovidas de sentido, a comunicação forjada em língua morta com o sagrado e proclamo versos de sagração do profano. Acompanho o jovem poeta pelas areias escaldantes da Abissínia. Transformo a sedução em virtude inevitável, a transgressão em regra, a ruptura das algemas em teorema. Eu os convido a ouvi-lo porque sua angústia é também minha. *Cheguei a dissipar do meu espírito o último traço de esperança humana. No salto surdo de animal selvagem, pulei sobre cada alegria para estrangulá-la. (...) O tédio não é mais meu amor. As violências, os deboches, a loucura, de que conheço todos impulsos e reveses, todo meu fardo está deposto. Apreciemos sem vertigem a extensão dessa inocência.*

Aprendi mais sobre a existência humana lendo os poetas noite adentro do que nas manhãs arrastadas de aulas entediantes, mas não pedirei, como Keats, para gravar meu nome na água. Deixo-me consumir pelos versos de Ginsberg porque seu uivo dilacerado expressa com intensidade a minha dor.

Passei horas estirado nos extensos gramados, sentindo na pele o toque da relva ressecada pela estiagem. Ouvi ecos do silêncio, aquele que faz tremer a carne e palpitar o coração. Deixei a luz penetrar meus olhos embevecidos pela beleza. Como o poeta, a coloquei sobre os joelhos, a beijei com sofreguidão e senti seu gosto amargo.

Somos de uma geração traída. Repudio a identidade transformada em número do serviço nacional de informação. Deixo a família, recuso a obediência e escolho meu próprio exílio. Renego regras e instituições que cerceiam a liberdade. Abandono as crenças e ilusões da minha infância. Professo a heresia de profetas escorraçados de suas terras, guarneço a fronte de heróis anônimos com coroas de louro e conclamo com eles a insurgência. Este caminho não terá volta. Junto-me àqueles que resistiram nas barricadas das ruas de Paris e grito com eles: "Sejamos realistas, peçamos o impossível!". Cerro fileiras com os estudantes que enfrentaram de peito aberto a repressão e desafio: "Abaixo a ditadura!". Releio a notícia do assassinato do guerrilheiro nas selvas bolivianas e juro com a voz embargada e os olhos marejados de lágrimas: "Sua a morte será vingada!". Aceno aos colegas com quem compartilhei sonhos, exorcizei a desonra e me embriaguei em festas clandestinas, e que hoje deixam esta casa: "Juntem-se a nós!".

No breve e icônico manifesto escrito por um filósofo em meados do século passado aprendi quais são as forças transformadoras da história. Compartilho desse ensinamento e o tenho como guia para os próximos passos.

No entanto, nem tudo do que nos foi oferecido como conhecimento nas salas de aula desta instituição foi em vão. Retiro da bagagem a tiracolo trechos da carta de Sêneca a um amigo.

Tudo que na existência ficou para trás pertence à morte. Logo, meu caro Lucílio, faz o que me escreves que vem fazendo, abraça todas as horas. (...) A vida transcorre enquanto é adiada. Tudo é alheio a nós, apenas o tempo é nosso.

13/
Sexo selvagem

Caminham pelo leito do rio na tarde ensolarada de inverno. A vazão está baixa com a estiagem e a camada de pedras sobressai, aqui e ali, nas águas mansas. As solas dos pés em contato com a superfície escamada e lisa recebem e transmitem dureza e suavidade. O silêncio toma conta dos sentidos. Observa o fio dourado fazendo o contorno da sua cintura na contraluz, leve curva por onde navega seu desejo. Aproxima-se e sente os cachos do cabelo claro roçarem seu peito. Enlaça-a por trás, toca seu seio, sente o enrijecer do mamilo na ponta dos dedos. Quer, como sempre, como nunca. Entregam-se ao sexo selvagem na paisagem desolada, tão intenso quanto mais profano.

14/
Minas

Está imerso no ambiente difuso em que o sonho parece real, de olhos ainda fechados, momento de fronteiras imprecisas entre o onírico e o vivido, como se as cenas a que está assistindo se projetassem para fora da tela ou ele estivesse sendo envolvido por elas, tão vívidas, tão naturais, a ponto de sentir as batidas do coração, ouvir a própria respiração, ao dizer com entusiasmo: "É preciso entender o que é Minas, o significado de ser Minas". Dirige-se ao grupo de italianos que visita o país. "Minas são essas montanhas solenes que nos observam na sua quietude. São também essas casinhas de paredes brancas, janelas e portas azul-escuro, erguidas em extensos gramados verdes ao pé da colina, recortados por trilhas estreitas e sinuosas. Minas é o silêncio pesado das onze horas de manhãs sem vento, quase agonia de tão intenso, quebrado pelo burburinho das águas do córrego. Minas é solidão."

Observa o entardecer do alto da serra. A sequência de montanhas parece uma pintura de ondulações suaves, recortadas pela luz, em tons nuançados de verde, mais escuras as mais próximas, azuladas aquelas mais distantes cujo contorno se dilui no horizonte de cores e tons difusos, o azul-claro tornando-se róseo, depois amarelado, para finalmente adquirir a efervescência vulcânica do vermelho-cobre antes de ser tragado pela escuridão da noite.

Nas encostas da serra, o vilarejo desaparece no breu. Aos poucos, a luz de um lampião ou de uma fogueira acende em algum ponto do vasto escuro, outra ali, outra mais à frente, até o veludo negro ficar coalhado de pontos cintilantes, como o manto de Nossa Senhora das Dores na procissão do Encontro. Na vastidão do firmamento, as estrelas surgem aos poucos, pequenas, resplandecentes, em sintonia com os pontos de luz na vertente da serra, juntando dois mundos, o que é tocado por seus pés, real e pulsante, e aquele do sonho, distante e misterioso. Minas é o milagre do simples.

O pensamento flutua entre os dois mundos sem fronteiras demarcadas nitidamente. Vai e volta, recusando-se a permanecer num deles de forma definitiva, apesar de preferir o provisório, o incerto e ambíguo do sonho, por ser protegido da dor. Estaciona-se ali como estrangeiro, espaço difuso e sem peso, de onde observa a si mesmo transitando pelo tempo.

Acorda intrigado com o sonho que acabou de ter. Tem dúvidas se foi mesmo um sonho ou outra daquelas viagens pelo universo desconhecido e sem fronteiras nítidas, espaço e tempo paralelos que seu inconsciente alcança de forma misteriosa. Ainda não descobriu como se dá essa passagem. Embora desconfie das teorias fantásticas sobre o mundo, não consegue se desvencilhar da hipótese de que nas dobras do tempo haja a possibilidade de migrar para "outro lugar noutro tempo".

Caminha pelas ruas da cidade natal e surpreende-se com sua transformação. Onde antes era a movimentada avenida, depara-se com edificações imponentes, de pórticos sustentados por colunas brancas, fachadas com janelões pesados de madeira almofadada deixando antever o movimento de cortinas rendadas, grades de ferro batido protegendo jardins de folhagem desconhecida. Está tudo vazio, não encontra vivalma. O silêncio reverbera nos ouvidos, atordoa, impregnado de surpresa e espanto. No lugar da pracinha, perto da casa onde passou a infância, ergue-se uma colina de onde se descortina outra paisagem. Ruas e casas desapareceram, deram lugar ao bosque de arvoredo típico de regiões temperadas, amealhado de caminhos por onde ninguém passa. A topografia acidentada da parte leste da cidade, dominada pela colina coberta de capim-gordura, que florescia na primavera, revestindo-a com o manto de coloração rosa--arroxeada, dá lugar a terras planas, recortadas pelo riacho de águas cristalinas. No horizonte, a elevação de pedras protege o remanso, antes de as águas despencarem pelo desfiladeiro, em cujas bordas casas de veraneio foram erguidas e agora encontram-se abandonadas. A brisa toca seu corpo e o faz tremer de perplexidade.

Do topo da serra tem uma vista panorâmica da região que no passado confundia-se com os tempos de criança. Mergulha em voo rasante por suas vertentes, plaina sobre o vale onde erguia-se o bairro Bela Vista e só encontra casas desabitadas, um vilarejo fantasma onde antes a vida pulsava, alegre e simples. Faz o caminho de volta, tragado pelo redemoinho em que seu corpo rodopia envolto no cordão de prata, até acordar assustado. Levanta-se, toma um copo d'água e fala para si mesmo, tentando se aquietar: "Nada disso aconteceu, foi só mais um daqueles sonhos".

15/
Natal

Levanta-se em torno das nove horas da manhã com o roteiro memorizado do que pretende fazer para comemorar o Natal. Há anos, celebra a data sozinho. É uma festa familiar, reconhece, mesmo assim insiste em organizar cuidadosamente cada detalhe do final da noite em que renova o pacto com a solidão. Precisa desse alento para continuar os próximos passos que sabe serem breves. Bane todo e qualquer sentimento de ansiedade e deixa-se levar pelas lembranças.

A última comemoração em família foi em Munique, há cinco anos e na casa da irmã, na semana anterior ao Natal. Ainda são vívidos os sentimentos de afeto e de alegria no singelo momento de final da tarde, já envolvida pelas sombras da noite iluminada pelas quatro velas de celebração do Advento, tomando chá e saboreando a torta de cerejas e deliciosas bolachinhas amanteigadas de amêndoas e castanhas. Horas mais tarde, o champagne foi oferecido com uma mesa de frios, trouxinhas de azeitona, pães, queijos e o pretzel, comprado na padaria do bairro só para o agradar.

Neva durante a noite, para sua alegria e tristeza da irmã, que antevê os transtornos do dia seguinte. Mesmo assim, saem depois do café em direção ao Parque Nymphenburg, que havia fotografado detalhadamente no verão.

Os recantos do exuberante local, conhecido como Jardim da Natureza, oferecem um espetáculo diferente, a neve capturada pelo olhar embevecido e pelas lentes precisas, o manto pérola-acetinado sobre as águas do extenso canal, camadas densas e rendilhadas de neve fazendo vergar os galhos das árvores frondosas, ramagens cobertas de flocos tecendo o teto ogival do túnel por onde caminham, o branco misturando-se com o cinza claro até se tornar azul-violeta, sob os raios do sol pálido. A felicidade confunde-se com a paisagem de cores esmaecidas, aquecendo seu coração.

Nos últimos anos de vida dos pais, esforçou-se para tornar a data um momento de reencontro e de afeto, permeado de boas lembranças. A cada véspera do feriado, ajuda a pôr a mesa e a decorar o ambiente da sala de jantar, usando as peças do jogo de cristal e da baixela de porcelana inglesa, os talheres retirados do faqueiro apenas em ocasiões especiais, a variedade de flores colhidas no exuberante jardim para compor o arranjo no centro da mesa, o vinho comprado numa casa especializada de São Paulo, a pequena cesta de chocolates onde não pode faltar o Baci Perugina, preferido do pai. A mãe e a empregada cuidam da sequência de pratos em que se destaca o pernil assado, de crosta dourada e carne branca e macia, levemente apimentada. A mesa posta é o cenário costumeiro para fotos em pose forçada, de olhares distantes e melancólicos. O jantar transcorre em quase silêncio, entrecortado de lembranças da mãe dos filhos ausentes, das frases curtas do pai quase surdo e do vazio crescendo no seu peito por saber que a vida está fora de lugar.

No derradeiro Natal com eles, a mãe diz não querer festa, não há motivos para comemorar. Ao entardecer, sentam-se no banco do alpendre para observar o fim do dia. Trazem a sobra dos salgadinhos comprados da vizinha, colocados sobre papel de pão na mesinha de canto. Ela faz comentários irônicos sobre as poucas pessoas que transitam no passeio do outro lado da rua. O pai permanece em silêncio, alheio ao mundo ao redor, comendo de vez em quando uma coxinha ou um quibe. Sentado no chão no canto do alpendre, ele ora conversa com a mãe, ora observa o pai, intrigado com o nebuloso universo por onde ele transita. Recolhido para dentro de si, absorto em pensamentos, seus olhos refletem a serenidade e o mistério do anoitecer, momento de passagem do dia, langor de tonalidades suaves, depois de os últimos raios do sol traçarem no horizonte contornos incandescentes de lava. Ao entrarem, ouve da mãe o comentário: "Este foi o melhor Natal dos últimos anos!".

Retoma a leitura do romance que não o entusiasma e deixa de lado. Procura na pequena estante o livro de Thomas Mann que costuma reler todo final de ano, particularmente a novela *Tonio Kröger*. Desta vez, presta mais atenção na reflexão sobre o exercício criativo do literato e deixa em plano secundário o enredo que ainda o enternece. Para um instante diante da afirmação perturbadora: "A literatura não é profissão alguma, e sim uma maldição (...) Você começa a se sentir estigmatizado, em uma misteriosa contradição com os outros, os seres comuns, normais; o abismo de ironia, descrença, oposição, conhecimento, sentimento que o separa das criaturas humanas se abre mais e mais profundamente, você está sozinho e daí em diante não existe mais nenhuma compreensão".

Está longe de se considerar um literato ou de ter provocado, com sua curta carreira, esse alheamento ao mundo. A rigor, sequer tem uma carreira literária, apesar de ter escrito obras admiradas pelo pequeno círculo de leitores. Seu sentimento é de ser excluído e não de excluir o outro. Ter escolhido a solidão como caminho não seria a justificativa menos sufocante que elabora para continuar sobrevivendo no mundo que o segrega? Não seria para preencher esse vazio que procura seguir o ritual dos últimos anos de preparar em detalhes a comemoração do Natal, aquela que faz para si, ridiculamente só, e que compartilha nas redes sociais como algo memorável?

A literatura, ao contrário de maldição, o redime, o leva a penetrar a própria alma, tornando o curto tempo que lhe resta prenhe de sentimentos comoventes, aqueles em que revive e compartilha o simples e o pequeno. Neste ponto, compreende a angústia de Mann ao querer de volta o mundo do qual a carreira literária o apartou. Deixa de preparar a celebração que nunca será sua e sonha viver a experiência retratada na novela que continua relendo.

"Caminhava para o interior da região através da solidão dos prados e logo era acolhido por uma floresta de faias que se estendia até lá longe, ondeando sobre as colinas. Sentava-se no terreno musgoso, encostando-se em alguma árvore de modo a poder divisar uma nesga de mar por entre os troncos. De vez em quando o vento lhe trazia o ruído da arrebentação, que soava como tábuas longínquas caindo umas sobre as outras. Gritos de gralhas nas frondes, roucos, cavos e perdidos... Tinha um livro sobre os joelhos, mas não lia uma linha. Saboreava um profundo esquecimento, um boiar liberto acima de espaço e tempo, e só vez por outra sentia seu coração como que estremecer de dor, de um sentimento agudo e fugaz, ânsia ou arrependimento, cujo nome e origem ele se sentia demasiadamente inerte ou absorto para perguntar."

Resolve dar uma melhorada na tradução feita por desconhecidos. "Caminha para o interior da região através da solidão dos prados e logo é acolhido por uma floresta de faias que se estende até lá longe, ondeando sobre as colinas. Senta-se no terreno musgoso, encostando-se em alguma árvore de modo a poder divisar uma nesga de mar por entre os troncos. De vez em quando o vento traz o ruído da arrebentação, que soa como tábuas longínquas caindo umas sobre as outras. Gritos de gralhas nas frondes, roucos, cavos e perdidos... Tem um livro sobre os joelhos, mas não lê uma linha. Saboreia um profundo esquecimento, livre ao flutuar acima do espaço e do tempo, e só vez por outra sente o coração como que estremecer de dor, de um sentimento agudo e fugaz, ânsia ou arrependimento, cujo nome e origem ele se sente demasiadamente inerte ou absorto para perguntar."

16/
Ainda estou vivo

Faz um movimento calculado para sentar-se na beira da cama. Respira devagar e profundamente, uma, duas, três vezes. Sente o fluxo sanguíneo aquecer as pontas dos dedos, deslizar pelas veias e artérias que cortam o pulso, avançar pelo antebraço, provocando uma dor miúda ao pressionar canais estreitos no interior do corpo ainda frio. A pele arrepia, os músculos tremem novamente.

Levanta-se, cambaleia, rodopia, os pés inseguros escorregam, as mãos tateantes encontram o amparo da parede e do trinco da porta. Equilibra-se. "Por pouco", pensa. Entra no banheiro, não acende a luz, procura na prateleira do armário sobre a pia o recipiente de plástico onde guarda o remédio para a pressão. Toma dois goles de chá frio, engole o comprimido. Senta-se na poltrona de couro e, aos poucos, mergulha no próprio abismo.

"Sobrevivi mais um mês", diz em silêncio, procurando tranquilizar-se. Depois de alguns instantes, corrige-se: "Enganei-me, por mais um tempo". Não fora exatamente isto que fizera ao entregar-se horas a fio ao trabalho, fazendo pausas metódicas para as refeições, saindo de vez em quando para comprar alimentos, pagando contas, acompanhando rotineiramente o noticiário do início da noite, assistindo a filmes na Netflix ou no aplicativo do Belas Artes, retomando a visita a museus, conferindo mostras em institutos culturais? Interroga-se, mesmo não querendo, resistindo: "Por quanto tempo ainda?".

O dragão de seda e cores reluzentes movimenta-se como uma centopeia na escuridão da praça. Ao som dos tambores, se contorce na dança da morte, aterrador. A luz do amanhecer, evasiva e relutante, percorre a encosta das dunas como um sopro, desnudando-as lentamente. Tons amarelo-cobre dissolvem o manto escuro, espraiando no horizonte pinceladas róseo-púrpura que logo se dissipam, sob o fulgor dos raios que aquecem aos poucos a areia. Sol a pino, o contorno do horizonte se torna impreciso, sob efeito da luz tremulante. Caminha pelas muralhas de pedra, à espera da invasão dos bárbaros.

Despeja a água da ânfora na bacia de cobre em que banha os pés da jovem, estropiados em sessões seguidas de tortura. Massageia-os delicadamente sem olhar para ela. Enxuga-os com a toalha de algodão rústico. Deita-se ao seu lado e permanece em silêncio.

Observa as telas suspensas. Os dentes da lâmina serrilhada despontam na trama de fios de algodão compondo a imagem insólita. Os olhos se encontram no espelho, interrogativos, enquanto a ponta afiada da faca roça o pescoço. "Quando?", interroga-se.

17/

Viagem de inverno

Volta-se para a tela da televisão onde o jovem tenor começa a interpretar mais uma das canções da memorável *Viagem de Inverno* composta por Franz Schubert. Impressiona-se com a interpretação tocante, o som da voz dissolvendo-se nas notas extraídas do teclado do piano, a imagem sedutora do intérprete pelo qual se apaixona, cada vez mais, na medida em que melodia e versos se misturam e o embriagam.

Ao conceber a obra sobre os versos de Wilhelm Müller, Schubert anunciou aos amigos que comporia para eles um ciclo de cantos sinistros. Acometido pela sífilis, sua obra-prima acabou expressando o sofrimento de quem percebe que o fim está próximo.

Dirige novamente o olhar para a tela da televisão sabendo que aquela travessia também é sua. O tenor e personagem para no meio do bosque. A luz atravessa flocos de neve presos na ramagem, lágrimas congeladas em gotas translúcidas. Uma melancolia profunda emana da voz que interpreta os versos:

Como uma nuvem turva
que atravessa o céu claro,
como, por entre as folhas dos pinheiros,

passa uma brisa débil.
Assim sigo meu caminho
arrastando os passos.

Canto e versos se fundem. Observa os flocos de neve cobrindo aos poucos seus cabelos loiros e salpicando o sobretudo negro. A câmera dá um close nos olhos claros, interrogativos. Os lábios sensuais se fecham naquele instante de silêncio e espera. A imagem vista na contraluz é iluminada pela aura que se espraia e se dilui na paisagem. Sente vontade de tocá-la, aconchegar-se no abraço terno, sentir a respiração descompassada e o hálito morno, paralisar o tempo neste momento de enternecimento, breve e desejado, registrado na memória e tatuado na pele, efervescente na corrente sanguínea e incandescente na filigrana de tecidos rendados do cérebro, ser o nada e nada ser naquele instante de felicidade e despedida. De um lugar remoto, a melodia o envolve novamente e o tira do estado de torpor.

Preciso achar meu próprio caminho
nesta escuridão.
Minha sombra, que a lua projeta,
é minha companheira de viagem,
e sobre os campos de neve
procuro as pegadas dos animais selvagens.

Lembra-se das manhãs de inverno nas montanhas de Minas. Segue os passos do pai na estrada de terra, cercada dos dois lados por ramagens orvalhadas de capim-cidreira, ondulações a perder de vista, bafejadas pela luz das estrelas à espreita do amanhecer. O capuz protege o rosto e as orelhas do vento frio. As mãos se esfregam uma na outra, cada vez que as deixa sair pela abertura da capa de lã azul-marinho forrada de flanela xadrez. As meias de algodão e as botinas de couro preto, feitas pelo único sapateiro da cidade, aquecem os pés, mas as calças curtas não protegem as canelas finas do frio. A respiração compassada e ligeira deixa no ar a névoa espiralada que logo se esvai. Perde-se na travessia do tempo, em sua tessitura de enigmas, sem conhecer o caminho de volta.

> *Ardem as solas de meus pés*
> *mesmo se caminho sobre o gelo e a neve (...)*
> *quando você sentir arderem minhas lágrimas*
> *ali estará a casa de minha amada.*

Era apenas diferente. Soube disso, desde adolescente. Mas não pode deixar de reconhecer que essa condição estabelecera fronteiras para ele ser no mundo, algumas invisíveis, outras nem tanto. É o que acaba de ouvir do jovem tenor recostado no umbral da porta que se abre para a paisagem coberta de neve.

> *Como estrangeiro cheguei,*
> *como estrangeiro parto.*

18/
Cláudio

Mastiga o arroz integral devagar. Uma, duas, três, incontáveis vezes, antes de engolir, aos poucos. Tempo de segundos, um, outro, mais um, outro, compassados. O olhar inquire, indaga. Pousa o garfo na mesa, ouve. Sorri, desconfiado. Leva mais uma porção de arroz à boca, mastiga, pausadamente. Uma vez, outra, seguidamente, em silêncio. Demarca a distância entre eles. Levanta-se, coloca a sacola no ombro, passa a mão nos cabelos longos, ajeita-os e caminha em direção à porta. Não há palavras no momento de despedida. O olhar é penetrante. Persegue-o como um espectro, questiona, fustiga.

Anos mais tarde, recebe a notícia de sua morte. Está na casa dos pais escrevendo a dissertação de mestrado. Sente uma sensação estranha, difícil de compreender. Não é sentimento de perda, pois ela acontecera tempos atrás. É um vazio que consome, invade cada canto, angústia. Pega a bicicleta e sai sem rumo certo. As lembranças chegam descompassadas, misturadas, transbordam. A firmeza nas decisões, a ironia ao tecer a crítica, a rebeldia encarnada dos anos sessenta, a paixão pela revolução cubana, o refúgio na contracultura como última fronteira da resistência.

A amizade fora construída de simetrias e contrapontos, aqueles que tensionam e preservam. Fora excepcionalmente verdadeira. Nascera nos anos do colégio e atravessara os tempos sombrios da faculdade. Lembra-se do seu memorável desempenho na peça que arrebatara aplausos de diferentes plateias, da partilha do pouco para continuarem compartilhando sonhos, da luta constante para não se deixar cooptar pelo chamado sistema, do olhar de desaprovação quando comunicou que deixaria a organização política e a vida clandestina para se dedicar à carreira acadêmica.

É ainda madrugada quando sai com os pais rumo à cidade na Mantiqueira. São pouco mais das oito da manhã quando toca a campainha. Passados alguns minutos, ressabiada, ela abre a porta do belo sobrado. Abatida, mal lembra a mulher alegre e à frente de seu tempo com quem gostava de conversar nas visitas ao filho no colégio. Convida-os a entrar e os conduz até a sala de estar. Senta-se numa cadeira em frente ao piano e fica cabisbaixa por alguns instantes, imersa em profunda tristeza.

"Soubemos que ele estava muito doente e resolvemos ver o que estava acontecendo. Fiquei sem chão ao entrar no quarto. Ele estava irreconhecível. A tuberculose o havia consumido, era pele e osso. Os olhos pareciam saltar para fora das órbitas no rosto descarnado. Seus órgãos haviam virado um montinho onde antes era a barriga, pulsavam sob a pele amarelada. Não tinha forças para falar ou se mover. Coloquei aquele montinho de gente no colo e o trouxemos para casa. Faleceu poucas horas depois de chegar. Meus sentimentos são confusos, não consigo perdoar aqueles que o influenciaram com ideias subversivas. Era tão inteligente, tão bonito, tão cheio de vida..."

Permanece em silêncio por algum tempo, não tem coragem de enfrentar os olhos inquisidores, nem o semblante devastado pela dor. Entrega-lhe o envelope com as fotos da semana de férias que haviam passado no Paiol Grande. Lágrimas escorrem devagar pelo rosto quando ela mostra a foto do netinho, o pequeno Guarani Ipê do Sol Osório.

19/

Bruno

Debruça-se na sacada do sobrado em que mora com colegas. Observa, do outro lado da rua, as casas dos vizinhos empobrecidos que sobrevivem do pouco, do trabalho autônomo e sem perspectiva. Sujeitos que vivem de bico, serviço temporário e incerto. Outros quase nada fazem por não terem o que fazer, a não ser estender os corpos lânguidos nos sofás rotos em frente à televisão, alheios à própria realidade para poderem sobreviver a ela. Ao lado, a mercearia do português que se enriquece com a miséria dos outros. O quadro não muda muito ao longo da rua comprida e íngreme que corta verticalmente a vila, um quisto indesejado nas fímbrias do bairro de classe média alta que floresce em ruas planejadas, orgulho de executivos e empresários que não encontraram mais espaço nos Jardins e no Clube Pinheiros.

Respira o ar morno da noite nesse momento de silêncio e inquietude. Ainda não sabe qual é seu lugar na metrópole cuja vida pulsa num eixo diferente e desconhecido. A descoberta da nova realidade se faz aos poucos. Sabe que vive à margem. Aproveita o trajeto do ônibus no final da tarde para observar as ruas dos bairros até descer na primeira parada depois do túnel na Avenida 9 de Julho, de onde sobe as escadas para a Avenida Paulista.

Frequenta a Faculdade de Ciências Sociais no mesmo prédio do prestigiado colégio destinado à educação de alunos da elite. Passou com relativa facilidade no vestibular que não se compara àqueles das prestigiadas universidades da capital. Os cursos noturnos para estudantes de baixa renda fazem parte da missão educadora e da obra assistencial dos jesuítas. É o que tem e que não sabe ainda como manter, pois a ajuda da família não irá além de maio. De vez em quando, chega mais cedo para apreciar o pôr do sol no vão do MASP. Economiza para comprar o ingresso e visitar o museu numa manhã de domingo. Não sabe o que fazer diante do deslumbramento. Espera o coração se aquietar e contém o impulso de manifestar espontaneamente o que está sentindo, com receio de denunciar a origem interiorana e a lacuna na sua formação cultural. Observa os visitantes e percebe a distância que os separa. Visitar um museu, para eles algo corriqueiro, é para ele uma oportunidade excepcional. Imagina um dia ser como eles, um deles.

    Respira fundo antes de começar a caminhar lentamente entre os poucos exemplares de esculturas clássicas e a profusão de quadros, de diferentes artistas, escolas e períodos históricos, presos em placas de acrílico, como se estivessem suspensos, flutuando no ar. Aprecia demoradamente cada obra antes de ler as informações contidas na parte de trás da placa transparente. É tragado pelo turbilhão da descoberta. Não consegue acreditar que está diante de exemplares originais de artistas que conheceu nas ilustrações dos poucos livros de arte a que teve acesso ou dos quais ouviu falar nas rodas animadas de conversa com amigos no Rio. Sente vertigem e se embriaga com tanta beleza. Procura se conter. Aproxima-se das paredes envidraçadas e observa por instantes o tráfego agitado na avenida. Sabe que está num templo da arte e do conhecimento, planeja voltar outras vezes, sem pressa, para processar as informações. Elas se misturam a sensações desconhecidas e o remoem por dentro. Precisa de tempo para decifrar a linguagem poética e de signos inscrita nas obras. Volta para casa em silêncio.

Retorna ao local, sempre que pode. Aos poucos faz escolhas. A preferência vai se direcionando aos impressionistas. A quantidade significativa de obras no acervo do museu pode ter condicionado o sentimento que vai se tornando predileção, talvez pela possibilidade de se deter diante de criações do mesmo artista ou de exemplares da mesma escola para estabelecer parâmetros, identificar nuances, compreender a linguagem, aquela que toca o coração. Experimentará, anos mais tarde, sensação semelhante ao visitar alguns dos maiores museus do mundo.

Situação inversa acontece na faculdade. As aulas insípidas o incomodam e não o motivam. Os conteúdos são apresentados aleatoriamente, em fragmentos xerocados de obras. Não consegue relacionar o tema abordado no texto ou na aula com a linha mais geral de pensamento do autor. Matérias chegam a ser rudimentares, senão ridículas, como se o conhecimento superficial de coleta de dados, tabulação e análise estatística o preparasse para realizar pesquisas de mercado. Não tem tempo a perder com a conversa fiada sobre política no curso ministrado por um jornalista. Não se interessa pela filosofia de cunho tomista, mesmo quando vem pincelada do pensamento de Heidegger. Poucas disciplinas o empolgam. Não perde uma aula de Sociologia do Conhecimento. A professora burla o programa para introduzir pensadores da Escola de Frankfurt. Consegue comprar livros de Marcuse nas livrarias, mas não se expõe publicamente nas aulas. Sabe que em cada sala existe pelo menos um informante das forças de repressão. Alguns têm um jeito maneiro, se esforçam para demonstrar certa camaradagem, outros são ostensivamente provocadores.

O interesse vai se direcionando para a Antropologia e a paixão para a excepcional professora da disciplina. Viaja em suas aulas. Acompanha as aventuras e descobertas dos primeiros arqueólogos e as teorias para explicar a história da civilização. Lê com interesse obras de Fraser, Malinowski e de Radcliffe-Brown. Encanta-se com o trabalho etnográfico realizado no monumental *Argonautas do Pacífico Ocidental*, da mesma forma como perde horas tentando compreender as elaboradas regras de parentesco das sociedades tribais da África do Sul analisadas por antropólogos a serviço do poder colonial. Admira a riqueza do pensamento de Lévi-Strauss. Não demora muito para descobrir a obra de Frantz Fanon e dos pensadores marxistas na Antropologia.

Tem dificuldade de estabelecer relações com militantes do movimento estudantil por não ser aluno da USP ou da PUC. A desconfiança é grande e compreensível, a distância de conhecimento entre eles ainda maior. Observa as intervenções inteligentes e cautelosas de um colega mais velho de classe. Logo descobre ser espanhol e padre operário. Aproxima-se e faz amizade. Decide mudar para seu bairro e passa a morar noutra república de estudantes. Reforça a mesada recebida dos pais, e que está por acabar, com aulas particulares de inglês, mas sabe que a alternativa não é segura. Precisa de um emprego permanente. Vende desenhos fantásticos, carregados de erotismo, realizados nas horas vagas, para um decorador de ambientes.

O bairro é cinzento e melancólico, de ruas estreitas e sobradinhos germinados, todos com a mesma estrutura básica: sala e cozinha separadas no térreo pela escada de madeira, quintal pequeno com tanque e varal, dois dormitórios separados por um banheiro no primeiro andar. Neste pequeno espaço amontoam-se até oito estudantes que juntam as economias para fazer o mercado e pagar a empregada encarregada da comida, da limpeza e da roupa. É a vida no limite da sobrevivência.

Não demora muito a ser convidado a participar de festinhas em casas de família. A presença de estudantes desperta o interesse de jovens à procura de paquera, garotas animadas, insistentes, a maioria feiosas. Numa das ocasiões, é convidado a participar de um grupo clandestino de estudo. Tem início a cautelosa relação com a organização política que luta contra os militares no poder.

 Chega ao imponente sobrado no bairro de classe média. Veio a pé, para economizar a passagem do ônibus. Toca a campainha. Ao ser interrogado, responde que foi convidado para jogar sinuca. É a senha. Entra ressabiado e procura ansioso por Bruno, o rapaz que fizera o convite na festinha de uma amiga. Ele vem em sua direção e o cumprimenta com um aperto forte de mão e tapinhas nas costas. É mais alto que ele, tem a compleição robusta e um par de olhos castanhos. Os cabelos e barba compridos lhe dão um ar rebelde e despretensioso. "Entra, é por aqui", diz indicando as escadas do porão com pequenas aberturas envidraçadas para o pátio interno.

 Num canto da ampla sala está a mesa de bilhar de madeira escura e maciça, com o forro de feltro gasto pelo uso, sob a luz de luminárias. "Quer jogar? Os amigos chegarão daqui a pouco, não costumam atrasar." "Saí cedo de casa, não sabia quanto tempo gastaria até aqui", responde quase se desculpando. Diante do olhar insistente, completa: "Não sei jogar, não se incomode comigo". Acomoda-se num dos almofadões espalhados no chão. "Então você também é de Minas?", pergunta. "Sim, minha família é dos Campos das Vertentes. Vim estudar Direito. E você, o que faz?" "Frequento um curso noturno de Ciências Sociais, dou aulas de inglês na parte da tarde. Estou à procura de emprego mais seguro." Estão entretidos na conversa quando chegam os outros.

 São oito ao todo, a maioria entre dezoito e vinte anos, imagina. Aquele que aparenta ser o mais velho toma a palavra. Usa uma camisa de mangas compridas e punhos puídos, tem sulcos fundos na testa e o rosto levemente encovado. O olhar é sereno, embora os olhos faísquem atrás das grossas lentes dos óculos de aros redondos. "Podemos começar pela apresentação. Não precisam e nem devem dizer o verdadeiro nome. Serão identificados, a partir de agora, pelo codinome que escolherem. Digam também o que os trouxe a esse grupo". Um breve silêncio paira no ar, enquanto ele observa cada um no rápido giro do olhar, grave como o de uma águia. "Meu nome é Beto, quero discutir temas que são censurados nos jornais." "Podem me chamar de Carioca, acho que neste grupo vou aprender como resistir à ditadura." "Fiquei na dúvida em relação ao codinome, mas podem me chamar de Tchê, combina com minha origem gaúcha", diz com uma risadinha. "Não vale!", interrompe um dos presentes. "Muita pretensão a sua querer se comparar ao Che!" Caem na gargalhada. Aproveita o clima de descontração para se apresentar. "Sou o Pietro, espero preencher neste grupo lacunas da minha formação política, coisas que não estudo na faculdade..."

Terminadas as apresentações, aquele que se apresenta como Calixto retoma a palavra. "A primeira coisa de que devem se lembrar é que este é um grupo clandestino. Bruno mora neste sobrado e aluga quartos para estudantes. Nos encontramos aqui nas tardes de sábado para jogar bilhar e tomar umas e outras. Cada um aqui foi convidado por ele, ou outro colega, numa festinha familiar ou numa roda de boteco. Terão que manter em lugar seguro os textos que receberem ou comprarem para leitura. Nunca os tragam para as reuniões de sábado. Devem memorizar as questões que querem esclarecer ou discutir. Vamos começar do começo. Talvez já tenham lido, mas farei uma rápida apresentação do *Manifesto*, texto que discutiremos na próxima reunião..."

"Assistam ao filme *Queimada* antes de ser proibido pela censura", brinca. "Gostaria que o analisassem à luz dos ensinamentos contidos no *Manifesto*". Não foi uma tarefa fácil. O texto tece uma vigorosa interpretação da história, analisa as origens do capitalismo a partir das contradições e lutas opondo classes com interesses antagônicos em diferentes períodos históricos, traça a trajetória da humanidade como resultado dessas forças em confronto, situa o proletariado como a classe revolucionária que porá fim à exploração burguesa. Essas lições ele já havia aprendido em Minas, num círculo de estudo semelhante.

O difícil está sendo traçar uma relação mais fecunda do *Manifesto* com a história narrada no filme, que estabeleça conexões de sentido. *Queimada* retrata as diversas fases da insurreição na ilha sob domínio português, a revolta dos escravos negros habilmente manipulada pelo agente do império britânico contra a elite crioula e seu fim trágico. Não perde uma reunião. Desdobra-se para dar conta das tarefas cotidianas: fazer o mercado no dia da semana sob sua responsabilidade, preparar as aulas de inglês, ler os textos para as aulas na faculdade, permanecer na salinha de estudo improvisada no canto do pequeno quintal noite adentro, envolvido com a leitura recomendada para a reunião do sábado seguinte. Passam tardes discutindo textos básicos, como *O que fazer?*. Gastam muito mais tempo analisando obras clássicas como *O Dezoito de Brumário*, *O Estado e a Revolução*. As discussões nunca são satisfatórias. Nem todos leem os textos ou se preparam adequadamente. Faltam informações básicas. Calixto acaba esclarecendo as dúvidas principais. Faz a amarração do debate, apontando uma linha de reflexão, aquela que orienta a ação da organização política que nas sombras trava luta de vida ou morte contra a ditadura.

Ao final de uma dessas tardes, pede para ele permanecer por mais algum tempo, depois de terminada a reunião. "Venho notando seu empenho no estudo e gostaria de saber qual é seu verdadeiro interesse na política." Surpreso, raciocina rapidamente antes de responder. "Gostaria de participar de uma forma mais efetiva no combate ao regime militar. Tenho me envolvido no movimento estudantil, participo de algumas reuniões clandestinas, mas gasta-se muito tempo com divergências na avaliação do momento político e a ação não passa de panfletagem, tudo feito na surdina." Mira-o nos olhos. "Gostaria de o convidar para participar de experiências novas na célula comandada pelo Bruno. Precisamos ampliar o raio de influência no movimento estudantil. Sua fase inicial de formação política terminou, por ora. A conversa agora é com o novo comandante", diz com um sorriso irônico ao se despedir com um aperto de mão. Nunca mais o viu.

"Toma mais um copo de cerveja, depois eu o acompanho em parte da caminhada de volta para casa. Assim, a gente conversa com mais tranquilidade." Bebe um gole e o observa com olhar interrogativo, sem pressa. Não sabe ainda como separar o amigo a quem se afeiçoou do novo dirigente, mas precisa manter a disciplina e respeitar a hierarquia. Compreendendo sua inquietação, ele se aproxima. "Seu bobo, quando estamos sozinhos sou apenas o Bruno", diz passando a mão no seu cabelo. Dá alguns passos em direção à escada, volta-se e o abraça forte. Sente sua respiração descompassada, o roçar dos pelos da barba no seu rosto e o inesperado beijo. Surpreso, o afasta com as mãos trêmulas e pergunta: "Este é mais um teste? Preciso passar também nele para permanecer na organização?".

Senta-se no chão, ao lado do pé de jabuticabeira. Está com uma carga nova. Observa a profusão de pequenos frutos arredondados e grudados uns nos outros ao longo dos ramos antigos e levemente retorcidos, formando a copa arredondada e vasta poucos metros acima. É a única planta no pequeno quintal. Observa as frestas nuançadas de luz entre as ramagens e o oscilar intermitente das folhas impulsionado pela brisa que de vez em quando resvala pelo telhado e se espraia pelas paredes altas. Sente falta da amplitude do quintal da casa dos pais em Minas, dominado pelo enorme abacateiro. Contém a nostalgia com um suspiro prolongado. Lá ou aqui, sente-se atraído pela noite. É o momento de aconchego no regaço morno da escuridão que encobre a paisagem e dilui a profusão de cores efervescentes do dia na monotonia misteriosa da única cor que envolve o ambiente e toca sua pele como um manto sedoso, levando-o ao mergulho para dentro de si, persistente interrogar sobre o sentido da vida e das coisas, sobre a intenção dos gestos, inclusive aqueles que escapam à vontade.

Precisa definir a relação com Bruno. A cena do final de tarde mexeu com sentimentos que imaginava superados pela dolorosa experiência da adolescência. Sente-se dividido ao ser objeto de desejo de mulheres e de homens, sem poder negar que em situações diversas sentiu-se igualmente atraído por ambos. Não sabe como lidar com essa ambiguidade. Não quer perder o afeto, nem se envolver na situação que os exponha ao menosprezo ou coloque em risco sua permanência na organização. A decisão, no entanto, não é apenas sua.

Passados alguns dias, ainda reluta em procurá-lo e aguarda ser chamado para a primeira reunião com os novos companheiros. Está ansioso para saber que tipo de ação deverá desenvolver a partir de agora no meio estudantil. Bruno o surpreende na esquina entre o prédio da faculdade e a avenida que corta o bairro. Está contido e sério. Convoca-o para o encontro num apartamento na região central da cidade. Despede-se com os costumeiros tapinhas nas costas. "Camarada, não fica encucado, gosto muito de você!" Atravessa rapidamente para o outro lado da avenida, pega o primeiro ônibus e desaparece na noite.

Chega ao apartamento num prédio antigo e cinzento na hora combinada. É recebido por Bruno e apresentado aos companheiros. São estudantes de baixa renda como ele, oriundos de bairros periféricos e que trabalham no centro. Outros pegam o trem ou mais que um ônibus para estudarem à noite na cidade. É o público-alvo da organização para desenvolver algo que não desperte tanta atenção da repressão, atraia jovens para a militância e que deixe raízes. Depois das orientações sobre segurança básica, segue-se uma acalorada discussão de como realizar o trabalho. Não chegam a nenhum consenso, tudo não passa de uma chuva de ideias. Bruno acompanha a conversa com atenção, às vezes fazendo comentários divertidos, mas sempre intervindo para acalmar os ânimos, organizar as informações e dar um rumo ao debate. Termina marcando novo encontro. Pede para trazerem propostas concretas de como atuar nas faculdades que frequentam ou a partir delas.

Acompanha Bernardo na saída. "Agora não preciso mais chamá-lo de Pietro", brinca ao colocar o braço no seu ombro. "Vamos caminhando mais um pouco, tenho uma surpresa para você", diz puxando-o discretamente para junto de si. Bernardo sente uma onda de calor percorrendo o corpo, despertando o desejo reprimido. Param em frente a um prédio de formato circular, aparentemente dos anos cinquenta. "Vamos entrar." Passam pela recepção e pegam o elevador. Descem no décimo sétimo andar. "Entra", diz abrindo a porta. É um estúdio de sala conjugada com cozinha, um banheiro e uma pequena varanda. Uma estante divide a sala em dois ambientes, um estar com sofá e um dormitório improvisado com uma cama baixa. "Gostaria que se mudasse para cá. Eu uso o estúdio ocasionalmente. Letícia, que estava há pouco no grupo, aparece de vez em quando. O local é ideal para você. Terá espaço e tranquilidade para estudar e não precisará pagar aluguel. Além disso, é perto da faculdade, basta subir a avenida. O que acha?" Surpreende-se com a oferta e não responde de pronto. "Quando a esmola é grande, o santo desconfia", pensa. "Bruno, preciso pensar um pouco, é uma mudança grande na vida." Olha-o nos olhos e sorri: "É nada, basta trazer as roupas e os livros, deixa o resto para trás. Vida nova!". "Mas o que digo..." É interrompido antes de terminar. "Fala que resolveu morar no centro. Não dê o endereço. Vou deixar a chave com você. Fica mais um tempo para se acostumar com a ideia."

Muda-se no final de semana. Traz uma mala de roupas e uma caixa de livros. É tudo que tem, além de algumas economias. Um supermercado foi inaugurado recentemente na praça em frente, o que facilita a vida. Depois de muito tempo, encontra-se sozinho. Sai na varanda e olha os prédios ao redor. São antigos, alguns são comerciais e outros residenciais. Reconhece na pequena e estreita rua a fachada de um teatro famoso. Há vários bares e restaurantes pela redondeza, ambiente agitado e boêmio do centro. Terá que se acostumar. Continua com as aulas de inglês e trabalha como monitor no curso de extensão oferecido pela faculdade, frequentado por professores que precisam da licenciatura em pedagogia para regularizar sua situação. De vez em quando ainda vende um desenho. Diante do seu interesse e desempenho, é convidado para ser monitor no curso de Antropologia. Retribui o convite com um desenho feito com esmero. Tempos depois, numa reunião da casa da professora, percebe que ela o havia colocado na parede sobre a escrivaninha.

Ao chegar da faculdade, percebe que tem uma fita adesiva na porta. É o sinal combinado com Bruno. Dá um pequeno toque, aguarda alguns instantes e toca novamente a campainha. "Viemos fazer companhia para você esta noite", diz abraçando-o. Letícia o cumprimenta do sofá, erguendo um copo de cerveja. A conversa é alegre, envolvente. Já é tarde quando Bruno diz estar na hora de dormir, puxando Letícia para a cama. Bernardo se ajeita no sofá. A cena repete-se com certa regularidade. Uma noite, encontra Bruno sozinho. "E a Letícia, onde está?" "Com a namorada", responde olhando-o diretamente nos olhos.

~~~※~~~

"Pensamos em organizar um grupo de leitura. Selecionaremos preferencialmente textos de literatura que retratam a realidade social do país, como obras do Graciliano Ramos, José Lins do Rego, Nelson Rodrigues, mas não podemos ficar só com esse gênero. Queremos atrair um público mais amplo a cada quinzena para debater." A proposta de trabalho apresentada pela dupla é seguida de outras. "Nosso projeto é formar um núcleo de estudantes para atuar nos bairros periféricos, junto com as pastorais, dando assistência na área da saúde e nutrição de crianças. Contamos com o apoio de uma enfermeira e de uma nutricionista." Finalmente, chega a vez de Pietro. "Não consegui pensar em algo muito original. Conversei com alguns colegas e se interessaram em montar um grupo de teatro. Gostaríamos de adaptar uma peça que aborda a realidade de migrantes nordestinos para o cotidiano da periferia de São Paulo. Demos um nome sugestivo ao grupo: O Povo de Jesus." É interrompido: "Não tinha outro nome?". Dá uma risadinha antes de responder. "A escolha é uma alusão zombeteira à Companhia de Jesus, nome da ordem dos jesuítas. A faculdade é mantida por eles. Fizemos um cartaz para atrair interessados. Usamos os fradinhos do Henfil. O magrelo grita: 'O Povo de Jesus está chegando!'. Olha espantado para o baixinho que solta um peido. Provocou muita risada e uma reação azeda da direção da faculdade." Em meio a gargalhadas, perguntam: "Deu certo?". "Acho que sim, já temos uns doze interessados no grupo de teatro."

Encontra Letícia com Bruno no apartamento. Ela levanta-se para pegar uma cerveja no frigobar de segunda mão que ele comprou com parte das economias. Está alegre, falante. "Hoje tenho um convite especial para vocês. Ganhei três ingressos para o filme do Godard. Prefiro o título em francês, *Pierrot le fou*. A tradução para o português foi muito infeliz", diz rindo. "Depois a gente pode comer uma pizza. Rachamos as despesas, o que acham?" Bruno olha o amigo em busca de resposta, já concordando. Bernardo não vê como não aceitar. Havia lido uma crítica bastante favorável na *Folha de São Paulo*.

Bruno senta-se na poltrona do meio. Abraça a amiga e comenta: "Sou mais gostoso que o Belmondo!". "Deixa de ser convencido e presta atenção no filme", diz ao dar uma leve cotovelada nas suas costelas. Aos poucos, como se respondesse a um anseio natural, escorrega um pouco o corpo na poltrona e encosta a perna em Bernardo. Surpreso, fica sem ação por alguns instantes. É remoído por sentimentos que não pode negar e que ainda reluta em aceitar. Afasta-se discretamente, apoiando-se no outro braço da poltrona.

"Que tal uma pizza meio a meio, metade Marguerita e metade quatro queijos?" "Desde que seja a grande, do tamanho da minha fome!", responde Bruno. Entre um gole e outro de cerveja, um pedaço e outro de pizza, a conversa continua animada, entrecortada de risos e de toques cada vez mais ternos. "Não esperava aquele banho de sangue no final", comenta. "Gostei, mas prefiro o frescor dos seus primeiros filmes como *O Acossado*, aquela linguagem inovadora, verdadeira declaração de amor ao cinema! Estive em Paris no auge do movimento estudantil. Dividia meu tempo entre as barricadas nas ruas e as horas na Cinemateca, assistindo a tudo que podia, devorando as páginas dos *Cahiers du Cinéma*." "E dividindo também a cama com seus dois amores, o francês e o marroquino", comenta pegando simultaneamente sua mão e a de Bernardo.

⊰⊱

O spot ilumina devagar o centro do palco. Duas figuras, uma negra e outra branca, sustentam o jovem de peito nu e braços abertos, cabelos longos e olhar desafiador, fixo no horizonte. Compõem o cenário despojado do Gólgota na periferia da metrópole assolada pela pobreza e desamparo. O silêncio angustiante de segundos que parece imobilizar o tempo exerce um efeito perturbador na plateia. Aos poucos, fachos de luz revelam os retirantes recém-chegados, marido e mulher, Raimundo e Zefa, aproximando-se, cada um de um lado do Cristo de Pasolini.

"Pai Nosso que estais no céu, santificado seja o Vosso Nome..."

"Maldita seja nossa sorte, de miséria e fome!"

"Venha a nós o Vosso Reino..."

"Meu ventre está prenhe de desgraça e meu coração está seco!"

"Seja feita a Vossa Vontade..."

"Esconjuro essa sorte, amaldiçoo essa crença, renego essa fé!"

A lembrança da cena ainda é vívida. Foram tantos os ensaios nas tardes de sábado, foram tão obstinados no aprendizado de se tornarem atores, foram tão surpreendentes os laboratórios para se chegar àquele resultado! Labor-oratório. A arte de encenar como labor, ofício forjado em horas de entrega, de vontade tinhosa, oratório de vigílias e encantamento. Laboratório "grotowskiano", despojado e pleno. Haviam partido de uma obra singela, passada numa feira num lugar remoto do Nordeste. Mudaram parte do texto, adaptando-o à realidade excludente de São Paulo. Transformaram a peça realista numa montagem experimental e, ao mesmo tempo, na metáfora comovente da vida dos pequenos e pobres. As agruras do casal na cidade onde todas as portas se fecham são entremeadas de músicas em que o desencanto aumenta a dor e sufoca a esperança, anunciando o fim trágico do migrante nas ondas do mar ao tentar a sorte como pescador.

Fizeram poucas apresentações, arrebataram aplausos em todas elas! Cresceram como grupo, tornaram-se mais solidários, mais resilientes, mais críticos, mais humanos. Mas o projeto ainda era embrionário. Conseguiriam multiplicá-lo nos bairros operários? Ao avaliar a experiência nos encontros quinzenais, Letícia sempre faz comentários encorajadores. A transformação da sociedade não seria plena, nem duradoura, sem uma mudança cultural profunda. Enganavam-se aqueles que apostavam apenas no confronto. Embora participe de ações armadas e tenha recebido treinamento militar em sua passagem pelo Magrebe, acredita que as mudanças devem ser impulsionadas pela adesão aos valores morais e ao ideário político que dão vida ao projeto de sociedade que se quer construir, à consciência individual e coletiva de ser nesse novo mundo. É criticada como revisionista. Alguns fazem pilhéria: "Essa paixão por Gramsci poderá nos custar muitos anos de cárcere!". Bernardo desconhece os meandros da disputa política e ideológica que acontece na vanguarda da organização, está sendo treinado para criar elos mais duradouros nas ações de massa, para além da mera agitação e propaganda. Mas não pode negar que simpatiza com as ideias da companheira.

Nas conversas com Bruno, cada vez mais frequentes no bar frequentado pela comunidade alternativa, boêmios, hippies e o que havia sobrado da "inteligência" de esquerda, essa que prefere o discurso à ação, Bernardo questiona os resultados da luta armada. Havia desencadeado o recrudescimento da repressão. Sequestro de embaixador é uma ação fora da curva, acontece excepcionalmente. Assaltos armados a bancos estão ficando cada vez mais perigosos. Bruno anda preocupado. Pontos tinham caído, sinal de que haviam conseguido se infiltrar, seguindo os passos de membros do grupo. Não chegaram a nenhum aparelho, mas não demorariam muito, se não mudassem radicalmente a estratégia de segurança.

Sabe que não tem perfil e nem foi treinado para operações armadas, mas quer experimentar algo mais ousado, mais próximo do perigo. Sentir o sangue gelar nas veias ao avistar a viatura se aproximar devagar, o cano das armas reluzindo sobre o vidro rebaixado, os olhares intimidadores e investigativos sob boinas negras, lábios tensionando queixos de barba cerrada e recém-feita, a agonia do tempo estacionado ali, onde o medo chega ao limite, a boca seca e o coração quase dispara. Quer viver esse momento em que o último fio de autocontrole está prestes a se romper e, mesmo assim, resiste por alguns instantes. Encará-los sem baixar os olhos, até o carro se distanciar e ele ouvir a mensagem reverberando no silêncio: "Volto para te pegar, filho da puta!".

Aproxima-se do ponto um pouco antes do horário marcado. Mistura-se na multidão sob o vão do museu. O sol morno do final da tarde acaricia sua nuca ao virar-se para a avenida. Sente um amargor na boca, tenta espantar o sentimento de mau agouro. "Não é nada, insegurança minha", pensa. Observa o trânsito nervoso, os sons inconfundíveis da cidade em movimento. Olha disfarçadamente o relógio de pulso. Devem estar chegando, faltam poucos minutos.

Finalmente, observa o fusca bege aproximando-se ao lado do ônibus. Diminui a velocidade e pega a pista à direita, prestes a estacionar. Bruno abre a porta e é recebido com tiros. Ferido no ombro, protege-se atrás do veículo. Letícia sai pela porta traseira com a metralhadora em punho e dispara uma saraivada de balas. Atingida no peito, seu corpo deixa uma mancha de sangue na lataria do carro e cai no asfalto. Bruno reage e atinge dois meganhas. Os policiais fecham o cerco, saltam sobre ele, imobilizando-o. Socam seguidas vezes seu rosto e estômago. É algemado e jogado no camburão. Saem em disparada, fazendo cantar os pneus. Outros tiras surgem do nada e cercam o carro, impedindo a aproximação de curiosos. Bernardo assiste à cena paralisado pelo terror.

Tenta processar as informações, organizar as ideias, lembrar das regras de segurança. Pega o primeiro ônibus em direção ao centro. Entra apressado no prédio, toma o elevador. Abre a porta do estúdio, corre em direção ao armário, abre a gaveta, pega o RG original e o dinheiro guardado no envelope. Queima documentos, coloca uma muda de roupa na mochila e se desfaz das outras peças na lixeira, junto com livros socados num saco plástico. Limpa rapidamente vestígios de impressão digital nas maçanetas, torneiras e locais onde provavelmente tocaram as mãos. Bota a mochila no ombro, ergue a gola do casaco, tranca a porta, limpa o trinco, pega o elevador e deixa o prédio sem ser notado pelo porteiro, entretido na conversa com um entregador de encomenda. Tenta caminhar com naturalidade em direção à rodoviária. Compra uma passagem para o interior de Minas, onde espera ser recebido por um casal de camaradas.

Recosta-se no banco, atingido pela avalanche de emoções. Sente os músculos contorcendo o estômago em espasmos de dor lancinante. Comprime a barriga com as mãos. As lágrimas inundam os olhos, embaçam a visão. Deixa-as escorrerem livremente pelo rosto. Tenta conter os soluços e não consegue. Entrega-se à convulsão e ao quase desespero. Aos poucos, a catarse dá lugar ao vazio da dor purgada. Lembra-se dos momentos em que os três haviam se entregado uns aos outros, com paixão e ternura. O toque suave da mão que anseia, o aperto forte da mão que possui. O roçar dos lábios que despertam o desejo, a intensidade dos lábios que devoram a carne. A paixão que consome lentamente e aquela que explode e dilacera a alma. Não conseguirá sobreviver a eles. Busca-os no silêncio da noite. Encosta o rosto no vidro da janela e observa a paisagem em movimento. O olhar se perde nas sombras até o rastro de luz o levar até eles, lá onde vagam as estrelas.

20/
Contagem regressiva

Deixa de lado os projetos apenas esboçados de novos contos e resolve registrar o que talvez possa ser o relato do fim anunciado. Remotamente, em um lugar submerso da consciência, pantanoso e sombrio, sabia que este momento chegaria. Parece que o driblou durante toda a vida, safando-se de alguma forma e por algum tempo. Agora ele se impõe com gosto amargo e ímpeto forte de quem chegou num beco sem saída. Não enxerga solução à vista no curto prazo. As alternativas poderão chegar tarde demais. Conseguiu alento para sobreviver na literatura. Usará esse aprendizado para registrar os últimos momentos de sua vida.

Nos últimos dias, tem conseguido sufocar a angústia, obliterando as informações que fustigam o pensamento, lembrando-o da situação irremediável, mas nem sempre consegue esquecer como lidou de forma temerária com a própria sorte. Reconhece que cavou a própria cova. De nada adianta lembrar que seus atos foram altruístas, movidos pela compaixão ou pelo compromisso da ação política. A realidade é uma só: ajudou a muitos, dedicou-se a projetos que não eram propriamente seus, agora encontra-se irremediavelmente só, enlaçado na própria tragédia.

Sente que os dias estão contados e passou a viver um de cada vez. Não tem planos, além do imediato. Sua vida foi marcada por ciclos em que anos de relativa tranquilidade foram sucedidos pelo infortúnio e o desespero. Não aprendeu com nenhum deles, repetiu os erros como se fossem fatalidade que não pôde evitar. Agora o fecho se arrocha, comprimindo os pulmões.

Precisa de fugas momentâneas para suportar o peso dos dias, de cada hora. Sai para a varanda. O pé de jabuticabeira está reagindo à poda feita antes da mudança. Os primeiros brotos se abriram em pequenas folhas de tom marrom-claro. Vão adquirindo a coloração verde-cana à medida em que crescem, até se tornarem de um verde intenso e de tessitura mais densa. Sobrevivem por longos meses, então as pontas escurecem, as folhas amarelam e, aos poucos, sucumbem ao inevitável fim.

Uma nova florada brotou nas ramagens esguias. Começou com a profusão de bolinhas pequenas, apertadas umas às outras, até darem espaço a botões minúsculos, surgindo de cada um a flor de pétalas transparentes sustentando pistilos brancos e delgados, a delicadeza em seu estado mais puro.

As orquídeas permaneceram em silenciosa letargia, com botões parecendo não querer desabrochar. Depois de algum tempo, a mais singular delas finalmente abriu. Três pétalas amarelo-creme com manchas púrpuras envolvem outras duas, de igual formato e coloração, abrigando lábios sedosos, fantasia e mistério, a boca aberta e a língua tesa convidando ao túnel escuro.

O descuidado cacto deixou florir no pequeno vaso o broto de avenca que agora lhe faz companhia, de ramagens movidas constantemente pela brisa. Acariciam a superfície abaloada e rugosa sem temer as pontas afiadas dos espinhos. A imagem que junta no mesmo espaço aspereza e suavidade, o verde-cinzento e o verde-claro, rigidez e movimento, intriga e enternece.

Adormece com a cortina se movimentando com o vento vindo de fora, ora se afastando da janela e deixando surgir uma fresta de luz fraca, ora colando-se à vidraça e escurecendo totalmente o ambiente. Acorda com raios do sol anunciando mais um dia, uma hora depois da outra a ser preenchida com sua angústia crescente.

Retoma a leitura do romance do escritor japonês e se detém diante de uma das poucas passagens que considera ter algum mérito literário. "Ele era forçado a conviver com o vazio que se expande gradativamente em seu interior. Esse vazio irá engolir todas as suas lembranças." Sente algo semelhante acontecer com ele. O que seria o exercício de colocar na tela do computador, esse lento e seletivo resgate de memórias erigidas numa morada do tempo, senão o ato precípuo de se desfazer lentamente delas?

Longe da catedral em que fachos de luz iluminam vitrais coloridos, resplandecentes, e espalham o silêncio por entre colunas e arcos ogivais, sua capelinha abriga entre as paredes caiadas de branco o simples, vivido com intensidade e diluído em partículas infinitesimais, preservadas no recôndito misterioso do cérebro. Em vez de armar os arcobotantes que sustentam o edifício monumental, pedra sobre pedra, lembrança sobre a outra, no pequeno templo em que recolhe e deposita o registro de momentos de sua vida, ele o faz como gesto calculado para, ao desvencilhar-se das reminiscências, ampliar lentamente o vazio de nada ser, aproximação a passos miúdos e programados do próprio fim.

O que faz sentido para o leitor, o doloroso resgate de suas lembranças, tem para ele o significado oposto, o de se livrar delas para silenciar seu coração. Ao serem lidas, deixam definitivamente de serem suas e passam a pertencer aos outros, como a emoção que despertam. Algumas das lembranças são ternas, outras amargas e ainda apertam o coração, como se não tivessem ficado para trás.

Seus registros são fragmentados, soltos no tempo, sem unidade. Misturam o vivido com o sonho, como se um fosse parte do outro. Outros são desvios de rota, fantasias em que o pensamento se perde ao criar estórias para passar o tempo. Relê partes do que acaba de escrever.

Com lábios cinzentos beijou sua boca. Sentiu o gosto amargo e cuspiu no lenço fragmentos do estômago em decomposição. O corpo tremia como se pudesse resistir por algum tempo. A respiração ficou mais acelerada, o peito mais arfante, descarnado. Não imaginava que ele a encararia de frente, sem emoção. Seu coração não estava mais ali, já o abandonara. Ficam assim, emudecidos, sondando por algum tempo os segredos um do outro. Tomada por uma dor aguda, não consegue conter novamente o vômito. Ele coloca a pequena bacia de inox como anteparo sob seu queixo e tenta manter o autocontrole diante das golfadas de líquido escuro e espesso. Limpa seus lábios com a pequena toalha de algodão. Ela fecha as pálpebras e mergulha no vazio lodoso do tempo, impreciso, de bordas difusas, vasto como a noite. As ideias saltam de uma para outra, incompletas, intercaladas, interrompidas. Não queria que fosse assim... não pode... tomara... mas o que... e se for... não, não pode ser... não pod... ah...

Entra no pequeno aposento, puxa a cadeira, senta-se e observa o ambiente. Tudo evoca o passado, o mobiliário de estilo colonial, as fotografias sobre o criado-mudo, a cortina branca de rendas, a cama onde ele está deitado, de olhos semicerrados, com o tronco recostado nas almofadas. A fragrância suave de folhas de eucalipto na cestinha de bambu atenua, mas não elimina o odor forte de urina que impregna o ar. O silêncio contamina o ambiente, perturba, desequilibra. A imagem da solidão e abandono comove. Ele abre os olhos e parece ignorar sua presença. Volta-se para ele, depois de algum tempo. Seu olhar tem o brilho da chama que tremula antes de se apagar. A brisa entra pela janela e movimenta suavemente a cortina, até tocar seus pés e refluir, como derradeira carícia. Ele acompanha o movimento com a mão como se a vida estivesse se esvaindo ali, naquele momento de despedida.

A escadaria de mármore branco é iluminada por feixes de luz que atravessam os vitrais do salão oval. O sangue se esvai do corpo quase sem vida e escorre pelos degraus. O torso pendido para um lado indica que fora jogado ali, de qualquer jeito, depois de ter o peito atravessado pelas balas. Os lábios sob a barba espessa, os olhos semicerrados e os pés descalços exalam sensualidade, mórbida e mesmo assim atrevida.

"Depois que a água ferveu no brilhante bronze, então o lavaram e o ungiram à larga com óleo e encheram as chagas com unguento de nove anos. Puseram-no no leito e o cobriram com um pano macio da cabeça aos pés e, em cima, colocaram uma capa branca. À noite toda, em volta de Aquiles, os mirmidões, com gemidos, o lamentaram".

Caminha na tarde ensolarada pela Piazza della Signoria. Para diante da estátua de mármore. Pátroclo, exangue, é suspenso pelos braços musculosos de Menelau. O torso amparado no seu joelho faz uma curva. A cabeça pendente revela os traços sensuais. A vida se esvai pelos lábios semiabertos e pelos dedos que quase tocam o chão.

A brisa entra pelo vão da porta de vidro e faz a cortina balançar suavemente. Lá fora o dia está parcialmente nublado, desencorajador. Algo se desprendeu de seu coração, quase despercebidamente. Fecha os olhos, ouve sons longínquos, indistintos, abafados. Os dedos tocam as dobras do tecido grosso da calça, o sangue pulsa nas artérias e veias. Abre a gaveta e retira a arma embrulhada no pedaço de feltro. Ficara ali, guardada por muito tempo, sem serventia aparente. Havia sido tirada do pai, já demente, para evitar uma tragédia. Observa o cano escuro e liso do velho Taurus, calibre 38. O tambor está vazio. No fundo da gaveta encontra a caixa de munição, de tampo amarelado. Pega o revólver, sente seu peso, coloca o dedo no gatilho, aponta em direção ao alvo imaginário, retém a respiração. O riso nervoso é contido pela contração dos músculos faciais sob pressão do maxilar inferior. Solta o ar dos pulmões lentamente, coloca a arma sobre o console. Gotas de suor frio brotam em sua testa.

Toca com as pontas dos dedos a superfície rugosa do cabo do revólver. Sente sua aspereza, sua rigidez, seu silêncio. Os sinais da linguagem que está decifrando penetram sua pele, provocam, permanecem. Respira lentamente, segurando o ar nos pulmões. Quer a intensidade deste instante. As lágrimas congestionam-se no canal lacrimal com a emoção mais intensa, antes de transbordarem, embaçando a visão. Observa o bonde passar na rua sob as árvores com ramagem a desabrochar, no início da primavera. Cidadãos comuns misturam-se a turistas e atravessam a ladeira calçada de pedras. Roça o cano da arma na face, devagar, resvala-o pela curva do queixo, sutil carícia. A pele arrepia sob os fios da barba aparada, mistério e medo do desconhecido. Os pés caminham até a escadaria, hesitam, a respiração torna-se ofegante. Pressiona com a ponta do cano os lábios cerrados. Força a passagem. A ponta da língua toca o orifício metálico, incita. O leve tremor das pálpebras e o primeiro sinal de desespero desequilibram. Respira profundamente, nervosamente, desiste. Mas não consegue espantar a ideia que o persegue.

A vida é um sopro. A vida é um sopro, repete. Pensa, ouve novamente, lentamente, suavemente... um sopro, uma carícia, um leve toque. Dedos deslizam sobre o ombro, querendo, em silêncio. Os cílios longos emolduram os olhos negros, os lábios entreabertos desejam. A respiração continua arfante, dedos se entrelaçam, consumindo. Um sopro de vida penetra a alma, dilacerando-a.

Pega o revólver, confere a munição. Duas câmaras estão vazias. Gira o tambor e simula a roleta-russa. Coloca o cano na fronte. Titubeia. Respira fundo, tenta bloquear o pensamento. O sangue lateja nas veias. A pele arrepia, o pulso retrai, o coração bate devagar, o tempo se dilui no suspiro prolongado, como a nota imprecisa de um instrumento desconhecido. Nada sente, além do vazio. Puxa o gatilho. É lançado para trás, de encontro ao encosto da poltrona. O rosto desfigurado pende de lado sobre o torso inclinado. Os dedos resvalam no chão. É tragado pelo estertor das estrelas, enlaçado pelo cordão de metal incandescente.

TIPOGRAFIA:
Ando (título)
Untitled Serif (texto)

PAPEL:
Cartão LD 250g/m2 (capa)
Pólen Soft LD 80g/m (miolo)